绝望之后的曙光

毕淑敏 — 著

中国青年出版社

目 录

第一辑　回想当初最温柔的风

人在年轻的时候，能够和自然如此贴近，远离城市，孤独地走进自然的怀抱，你会在一个大的恐怖之后，感到大的欣慰。你会感到一种力量，从你脚下的大地和你头上的天空，从你身边的每一棵草和每一滴水，涌进你的头发、睫毛、关节和口唇……

第二辑　一场盛大而漫长的人生旅行

太多的人，习惯珍藏苦难，甚至以此自傲和自虐。这种对苦难持久的迷恋和品尝，会毒化你的感官，损伤你对美好生活的精细体察，苦的力量比甜的力量，要强大得多。不要把黄连掰碎，不要让它丝丝入扣地嵌入我们的生活。

第三辑　那不是我想要的彼岸

高楼大厦车水马龙，不夜的霓虹灯和袒胸露背的华衣……这些和寂静的山村简朴的民俗实在是天壤之别。人在震惊之后，很容易滋生出渺小和自卑的心理。能以平和之心对抗陌生的繁华，是一种再造的定力，而非人的本性轻易可以到达的高度。

第四辑　这个宽阔的世界总是与你有关

世界越来越小，频率越来越快，人被遥控、被操纵的机遇越来越多。如果你想要寻求问题的彻底解决，最好还是走到它面前，静静思索再做决定。所有"遥控"能解决的问题，都是事先设定的程序。真实的世界千变万化，镇定和耐心永远比按钮更有效。

目 录

第七辑　做一个不完美的人

不要计较何时年轻、何时年老，只要我们生存一天，青春的财富，就闪闪发光。能够遮蔽它的光芒的暗夜只有一种，那就是你自以为已经衰老。

第八辑　我想有一天和你去旅行

你必得一个人和日月星辰对话，和江河湖海晤谈，和每一棵树握手，和每一株草耳鬓厮磨，你才会顿悟宇宙之大，生命之微，自然的博大与精深。

跋

回想当初
最温柔的风

人在年轻的时候，能够和自然如此贴近，

远离城市，孤独地走进自然的怀抱，

你会在一个大的恐怖之后，感到大的欣慰。

你会感到一种力量，从你脚下的大地和你头上的天空，

从你身边的每一棵草和每一滴水，

涌进你的头发、睫毛、关节和口唇……

雪域灯火

入党，在部队。地址，海拔五千米。时间，20世纪70年代第一个春天。说是春天，那是日历上的节气，4月份了，但对雪域高原来说，冬季还甩着白茫茫的尾巴。

多年后，当我从部队转业，办理手续的时候，干部处干事整理完我的档案，说，你的入党志愿书有一点特别的地方，你还记得吗？

我说，封面是红颜色的吧。党的九大以后，用过这种全红封面的入党志愿书，似乎只持续了不长的时间，就不再用了。你那时还小，没见过，所以会觉得特别。

干事笑了，说毕军医，你也忒小看我了。我是年轻，可我是干什么的呢？做我这工作的，什么样的入党志愿书没见过呢？晋冀鲁豫边区用窗棂纸印的染着血迹的入党志愿书我都见过，要不是纪律管着，真想抽出来当作文物呢！它埋在档案袋里，除了证明老战士的党龄，还有什么用呢？坦率说，真没什么用了。若是哪天该老战士一去世，它就被永远地封起来了。如能拿出来办个展览，让大家都来看看，多么好！不说那些了。毕军医，接着想，你的入党志愿书有什么特别的地方？

我发愁说，实在想不起来了。也许，我表的决心比别人要少吧？

当时刚刚拉练回来，誓言都留在冰天雪地了，表达可能比较简略。

干事说，我要说的不是这事。看你想的这般难，就提醒你一下。你的入党申请书里，保存有一样东西。我无意中发现了这件东西，因此我就可以判定出你是在一种什么样的状态之下填写的入党志愿书了。

经他这么一说，我由衷地羡慕起他的行业。本来素不相识，他却看到了我生命留下的深刻痕迹，并推断出了我业已遗忘的真实。我来了兴趣，说，好吧，那我就认真地想一想……哦，我想起来了。一定是在纸页上看到了蜡滴，因此你知道了我是在夜里填写的入党志愿书，烛光被风吹得翻卷摇曳……

干事说，你想起了是在夜里填写的入党志愿书，这很正确。只是，纸上很干净，没有蜡滴。红色封面沁出煤油的味道，很浓重。

我一时陷入了苍茫的回忆。高原的夜很黑很沉。不到十点，昏黄的电灯疲倦地眨三次眼睛之后，就无情无义地熄灭了。照明主要靠煤油灯，煤油供应不足的时候，就点燃柴油灯。柴油的火焰是焦灼和愤怒的，如同烧焦了胡子的张飞。煤油相比之下，就有了一点书卷气，基本上是温良的。当然，风太大的时候，一切另当别论。

士兵偶尔会得到一两支如同杨贵妃般莹白的蜡烛，便珍藏起来，留待书写家书或是重要文字的时候，才拿出享用。其实，从单纯照明的角度来说，烛光是柔弱和不堪一击的，只是因为珍贵和稀少，才用来配合那种特殊的心境。依我对入党志愿书的敬重，那个夜晚，是会点燃蜡烛的。

于是，我说，想必我一定是在郑重地打草稿的时候，就把蜡烛用完了。

干事笑笑说，雪域高原，你是在什么灯火下填写的入党志愿书，咱们就不去考证了吧。我要说的这件东西，和照明无干。毕军医，你再想想。

我是真真一筹莫展了。我苦笑道，年代久远，高原缺氧损害了我的脑子，实在想不起来了。期望你能告诉我，要是你不说，也不勉强，我就带着疑团回北京。以后哪一天，你就是想要把答案告知我，天南海北的，恐怕也不容易啊。一生当中，不是每个人都有机会走到喜马拉雅山、冈底斯山和喀喇昆仑山交界的地方。

干事说，毕军医，你既然这样说了，我就告诉你。在你的入党志愿书里，夹着一粒大大的葡萄干，金黄色的，像远古的琥珀。我猜当年你一定是个贪吃的女兵，雪夜里，油灯下，一边填写着你的入党志愿书，一边吃着葡萄干，你把最大的一颗夹在第一页，预备填完之后打牙祭。可写完之后，你就睡着了。第二天一早，你就把志愿书交了上去。你在阿里的表现不错，审批机构就一路盖了章。这颗葡萄干就一直沉睡着，直到我今天发现它……

我愣了很久，仿佛是在听别人的故事。他的推理很有逻辑，有那颗葡萄干为证。

高原上的葡萄干是很稀罕的东西。因为缺乏维生素，军人们口角皲裂指甲翻翘，逢年过节每人会发一小杯葡萄干补充营养。只不过，那夜停笔的一瞬，或许并不是我睡着了，而是哨卡有紧急的抢救任务，我背上急救箱，连夜出发了……在那个岁月，这是很平常的事情。

面对这样一位负责并且充满想象力的年轻人，我百感交集，一时不知说些什么。沉默很久之后，我对他说，谢谢你。我现在只想知

莲花生你的桥

道，你把那颗葡萄干怎样了呢?

干事说，你问的真是要害。这颗葡萄干，让我发愁了，不知道该把它怎么办。

我说，就请你把它吃了吧。我送给你。我是它的主人啊。

他笑笑说，一颗在红色文件中保存了这么久的葡萄干，随随便便吃了它，暴殄天物啊。我想了半天，还是把它原样夹在你的入党志愿书里了。将来的某一天，也许还会被人再次发现，引发联想。若是有谁再问起你，你也不会像今天这样摸不着头脑了。

我说，好啊，我等着。

从那时到今天，很多年过去了。没有人再问起我这件事。有时，我想，是不是从藏北到北京的漫长旅程中，这颗珍贵的葡萄干，已经遗失在某处驿站，成为一小团甜蜜的冰雪?

洞茶上的字迹

那时，我十六岁六个月零六天，分到西藏阿里当兵。海拔五千米的高原，司务长分发营养品，递给我一筒水果罐头和一块黑乎乎的粗糙物件，说："罐头每人每月一筒半，筒不能切开，所以，这一个月只能给你一筒，下个月会给你两筒。"

我不放心地问："你不会记错吧？要不这个月你给我两筒，下个月给我一筒好了。"

司务长说："这女娃还挺财迷，我是干什么的！咋会记错？"

我不好意思了，说："我不财迷，罐头我要了，这东西就给别人吧。"

司务长白了我一眼说："这是砖茶，比那罐头可金贵！"

我慢吞吞像个老媪似的挪回了宿舍。到达海拔四千七百米的部队驻地刚几天，高原反应还没有过去，稍一快走，浑身颤抖如将死之鸟。那块黑乎乎的东西一不小心掉到雪上，边缘破损色黑如炭，衬得格外不成嘴脸。

我没有捡，弯腰太费力。老医生看到了，心疼地说："关键时刻砖茶能救你命呢。"

我说:"它根本不像见棱见角的砖,更不像青翠欲滴的茶。"

老医生说:"不能从茶的颜色来判定茶的价值,就像不能从人的外表诊断病情。它叫青砖茶,是用茶树叶子中的老叶子压制而成,加以发酵,所以颜色黪黑。它的茶碱含量很高,在高原,茶碱可以兴奋呼吸系统。如果出现强烈的高原反应,喝一杯这茶,可缓解症状。它是高原之宝。"

我赶紧把黑茶片从雪地上捡起来,珍藏。

没到过酷寒国境线上的人,难以想象砖茶给予边防军的激励。高原上的水,不到七十度就迫不及待地开锅了,无法泡出茶中的有效成分。我们只有把茶饼瓣碎,放在搪瓷缸里,灌上用雪化成的水,煨在炉火边久久地熬煮,如同煎制古老的药方。渐渐,一抹米白色的蒸汽袅袅升起,抖动着,如同披满香氛的纱。缸子中的水渐渐红了,渐渐黑了……平原青翠植物的精魂,在这冰冷的高原,以另外一种神秘的形式复活。

慢慢喝茶上瘾,便很计较每月发放砖茶的数量。司务长的手指就是秤杆,他从硕大的茶砖上瓣下一片,就是你应得的分量。碰上某块特别硬,司务长会拿出寒光闪闪的枪刺,用力戳下一块。某月领完营养品,我端详这分到手的砖茶,委屈地说:"司务长你克扣了我。"

当司务长的最怕这一指控,愤然道:"小鬼你可要说清楚,我哪里克扣你?"

我说:"有人用手指抠走了我的茶。你看,他还留下两道深痕。"

司务长说:"哈!只留下了两道痕,算你好运。应该是三道痕的。那不是被人抠走的,是厂子用机器压下的商标,这茶叫'川'

字牌。"

我说："茶厂机器压过的地方，是不是所用茶叶就比较少啊？"

司务长说："分量上应该并不少，可能压得比较瓷实，你多煮一会儿就是了。"

我追问："这茶是哪里出的啊？"

司务长说："'川'字牌，当然是四川的啊。万里迢迢运到咱这里，外面包的土黄纸都磨掉了，只有这茶叶上的字，像一个攀山的人，手抠住崖边往下滑溜又不甘心时留下的痕迹。"

从此我与这砖茶朝夕相伴，它灼痛了我的舌，温暖了我的胃，安慰了我的心，润泽了我的脑，是我无声的知己。

十一年后，我离开高原回到北京，却再也找不到我那有三道沟痕标记的朋友。我丢失了它，遍找北京的茶庄也不见它踪影，好像它变成我在高原缺氧时的一个幻影，与我悄然永诀。

此后三十余年，我品过千姿百态的天下名茶，用过林林总总的精美茶具，见过古乐升平的饮茶仪礼，却总充满若即若离的迷惘困惑。茶不能大口喝吗？茶不能沸水煮吗？茶不能放在铁皮缸子里煎吗？茶不能放盐巴吗？茶不能仰天长啸、一饮而尽吗？！

我不喜欢茶的矜持和贵族感，我不喜欢茶的繁文缛节。我不喜欢茶的一掷千金，我不喜欢茶的等级与身份。我不喜欢茶对于早春的病态嗜好，我不喜欢饮茶者故作高深的奢靡排场。

那一年我出差到了四川，听说当地出砖茶，满怀希望地买了一块，以为将要和老友重逢。细心地掰下一块儿，放入专门淘来的搪瓷缸子，点燃了炉火，慢慢地煮啊煮。好不容易等到可以喝了，大口畅饮，却依稀只感到一点微薄的近似，全然失却了当年的韵味。我绝望了——原来，我的舌头老了，我的味蕾老了。高原那相濡以沫朴素醇厚的黑茶，潜藏着警醒甘凛的味道，和我残酷的青春搅缠在一起，埋葬于藏北的重重冰雪之下，永不复返。

2012 年 5 月，我到湖北赤壁一游。得知当地有"川"字砖茶，心中一动。它莫不是我的故人？又怕再次失望，便旁敲侧击问，明明是湖北的茶，为何要叫"川"字牌？

原来这是一个象形意义的招牌。赤壁市古称蒲圻，有个老镇羊楼洞。此地土地肥沃，气候适宜，生长着六万亩茶树。加工制作的砖茶量大质优，享有盛名，故被称为"洞茶"。

环绕古镇是美丽的松峰山，山上有"石人"、"凉荫"、"观音"三条清澈的天然泉水，三水合一，即为一个"川"字，成了洞茶的商标。早在宋景德年间，大约距今一千年前，这里就开始以饼茶与蒙古进行茶马互易。到了清咸丰年间，那时汉口还没有开埠，每年谷雨前后，山西茶商千里而来羊楼洞镇收茶。所制砖茶远销蒙古、新疆及俄国西伯利亚等地。到了 19 世纪 70 年代，名声大震，外地茶商纷至沓来，设立茶庄。以此镇为原点，东五十公里，南四十五公里，西四十公里，北五十公里，形成产销洞茶的巨大绿色圆环。1878 年以后，砖茶从羊楼洞镇运至汉口后，取水路运上海、天津，然后再转陆路运抵张家口，再远销他方。20 世纪以后，砖茶出口更是如火如荼，砖茶贸易进入极盛时期。铺着青石板的羊楼洞古街上，有茶厂三十余家，年产砖茶三十余万箱。

关于这个"川"字茶的来历，还有一说。清乾隆年间，山西商人在羊楼洞镇开设了"山玉川茶庄"、"巨盛川茶庄"，生产帽盒茶，品质极佳。到了清咸丰末年，因为茶庄都有个"川"字，索性在所产砖茶上印上"川"字标记，让不识汉字的少数民族兄弟和外国商人，用手一摸，便能识别出他们的货物，想来类似今天的防伪标志吧。

不管是"山泉说"还是"茶庄说"，都证明这儿的洞茶历史悠久得天独厚，声名远播享誉中外。

有了上次的教训，不敢贸然相认。赵李桥茶厂是"川"字牌青砖茶的生产厂家。这天到了茶厂，开始品茶。礼仪小姐一番茶道，先让我兴趣索然。砖茶讲究的是熬煮，这厢只是沸水冲泡。砖茶喝法乃大碗豪饮，此地精致的小茶盅只有牛眼大。砖茶经雪水浸出，是深红色的，此刻碗中只是轻微的棕黄……一切都相差甚远。出于礼貌，我只轻浅地含了一口。只这一口，如晴天霹雳，地动山摇。

所有的味蕾，像听到了军号，骤然怒放。口颊的每一丝神经，都惊喜地蹦跳。天啊，离散了几十年的老朋友，在此狭路相逢相拥相抱。甘暖依然啊，温润如旧。可能是没有了冰水的沁洗，也许浸泡的时间还短，味道轻淡了很多。但它依然是它啊，轮廓未变，精髓未变。在口中荡漾稍久，熟稔的感觉烟霞般升腾而起。好似人已迟暮，蓦然遭逢初恋挚友，执手相望。岁月无情，模样已大变，白发斑斑，步履蹒跚。但随着时间一秒秒推移，豆蔻年华的青春风貌，如老式照片在水盆中渐渐显影，越发清晰。随后复苏的是我的食道和胃囊，它们锣鼓喧天欢迎老友莅临。人的所有器官中，味觉是最古老的档案馆，精细地封存着所有生命原初的记忆。胃更堪称最顽固的守旧派，一往情深抵抗到底。这些体内的脏器无法言语，却从未有过片刻遗忘。它们以一种不可思议的稳定，保持着青春的精准与纯粹。

最出乎意料的是双眼，竟然在一瞬间温水环绕。其实它还没有来得及看到那烙印般的"川"字的任何一竖道，就被穿越三十年风霜的邂逅包围，难以自控。

激情化作一杯又一杯地喝茶，以表达内心的万千感慨。

青山绿水濡养的赤壁茶林，你可知道，你曾传递给边防军人多少温暖多少力量！冰雪漫天时，呷一口洞茶徐徐咽下，强大而涩香的热流注满口颊，旋即携带奔涌的力量滑入将士的肺腑，输送到被风寒侵袭的四肢百骸。让戍边的人忆起遥远的平原，缤纷的花草，还有年迈的双亲和亲爱的妻女。他们疲惫的腰杆重新挺直，成为国境线上笔直的界桩。他们僵硬的手指重新有力，扣紧了面向危险的枪机。他们困乏的双脚重新矫健，巡逻在千万里庄严的国土上。

"川"字牌洞茶啊，我欠你一个永恒的谢意。三十余年未曾说出口，只因一直寻不到你。今天，我一定要买上很多很多块砖茶，送给当年我在阿里的战友，他们一定也在千方百计寻找你。送那个曾笑我财迷的司务长，对他说"川"字牌茶，不在四川而在湖北赤壁的羊楼洞。那位告诉我砖茶奥秘的老医生，已然谢世，我会按当年方法，熬煮一杯洞茶水，洒向大地，对天而祭。他在天堂一定闻得到这质朴的香气，沉吟片刻说："正是这个味道啊，好茶！"

指纹状的菌落

　　那时我是一个年轻的实习医生。在外科做手术的时候，最害怕的是当一切消毒都已完成，正准备戴上手套，穿上洁白的手术衣，开始在病人身上动刀操练的时候，突然从你的身后，递过来一只透明的培养皿。护士长不苟言笑地指示道，你留个培养吧。这是一句医学术语，翻成大众的语言就是——用你已经消完毒的手指，在培养基上抹一下。然后护士长把密闭的培养皿送到检验科，在暖箱里孵化培养。待到若干时日之后，打开培养皿，观察有无菌落生长，以检查你在给病人手术前，是否彻底消毒了你的手指。如果你的手不干净，就会在手术时把细菌带进腹腔、胸腔或是颅脑，引起感染。严重时会危及病人的生命。

　　我很讨厌这种抽查。要是万一查出你手指带菌，多没面子！于是我消毒的时候就格外认真。外科医生的刷手过程，真应了一句西谚：在碱水里洗三次。先要用硬毛刷子蘸着肥皂水，一丝不苟地直刷到腋下，直到皮肤红到发痛，再用清水反复冲洗，恨不能把你的胳膊收拾得像一根搓掉了皮、马上准备凉拌的生藕。然后整个双臂浸泡在百分之七十五的酒精桶里，度过难熬的五分钟。最烦人的是胳膊从酒精桶里拔出后，为了保持消过毒的无菌状态，不能用任何布巾或是纸张擦拭湿淋淋的皮肤，只有在空气中等待它们渐渐晾干。平日我们打针的时候，只涂一小坨酒精，皮肤就感到辛凉无比。因为酒精在挥发的时候，带走了体内的热能，是一种强大的物理降温过程。现在我们的上肢大面积裸露着，假若是冬天，不一会儿就冻得牙齿鼓点一般叩个不停。

更严格的是在所有过程中，双臂都要像受刑一般高举着，无论多么累都不能垂下手腕，更严禁用手指接触任何异物。简言之，从消毒过程一开始，你的手就不是你的手了，它成了一件有独立使命的无菌工具。

我的同学是一位漂亮女孩，她的手很美，鸡蛋清一般柔嫩。但在猪毛刷子日复一日的残酷抚摸下，很快变得粗糙无光。由于酒精强烈的脱脂作用，手臂也像枯树干，失去少女特有的润泽。单看上肢，我都像一个老太婆了。她怨怨地说。

以后的日子里，她洗手的时候开始偷工减料。比如该刷三遍，她一遍就草草过关，只要没人看见，她就把白皙的胳膊从酒精桶里解放出来，独自欣赏……有一天，我们正高擎双手，像俘虏兵投降一样傻站着，等着自己的臂膀风干时，她突然说，我的耳朵后边有点痒。

这是一件小事，但对于此时的我们来说，却是一件很难办的事。消过毒的手已被管制，我俩就像卸去双臂的木偶，无法接触自己的皮肤。按照惯例，只有呼唤护士，烦她代为搔痒。因手术尚未开始，护士还在别处忙，眼前一时无人。同学说痒得不行，忍不了。我说，要不咱们俩像山羊似的，脑袋抵着脑袋，互相蹭蹭？她说，我又不是额头痒，是脖子下面的凹处，哪里抵得着？我只好说，你就多想想邱少云吧。同学美丽的面孔在大口罩后面难受得扭曲了。突然，可能痒痛难熬，她电光石火地用消过毒的手，在自己耳朵后面抓了一把。

我惊愕得说不出话来，几乎不相信自己的眼睛。正在这时，护士长走了进来，向我和同学伸出了两个细菌培养皿……

其实事情在这个份上，还是可以挽救的。同学可以直率地向护士长申明情况，说自己的手已经污染，不能接受检验。然后再重复繁琐的洗手过程，她依旧可以正常参加手术。但她什么也没有说，哆哆嗦嗦地探出手指，在培养基上捺了一下……那天是一个开腹手术，整个过程我都恍惚不安，好像自己参与了某种阴谋。

病人术后并发了严重的感染，刀口溃烂腐败，高烧不止，医护人员陷入紧张的治疗和抢救。经过化验，致病菌强大而独特。它是从哪里来的呢？老医生不止一次面对病历自言自语。过了几天，手术者的细菌培养结果出来了，我的同学抹过的培养基上，呈现出茂密的细菌丛，留下指纹状的菌落阴影，正是引致病人感染的险恶品种。

那一刻，我的同学落下一串串眼泪。由于她的过失，病人承受了无妄之灾。她的手在搔痒的时候，沾染了病菌，又在手术过程中污染了腹腔，酿成他人巨大的痛苦。

病人的命总算挽救回来了，但这件事被我牢牢地记在心里，不敢忘怀。

随着年岁渐长，我从中悟出了许多年轻时忽略的道理。

首先是感染和腐败几乎是一种必然。牛奶放在那里，不加温不冷冻，随它去，就一定会变酸发臭。没有特殊的防腐措施，想在常温下保持牛奶的新鲜品质，是痴人说梦。铁会生锈，木头会腐烂，水面布满青苔，密闭的房屋长毛生霉，空气发出臭鸡蛋的味道……腐败几乎是无处不在，见缝下蛆。我那个同学只用手搔了一下耳后，千真万确，仅此一下，病菌潜伏到了她的手上，播种到手术刀口里，就引发了恶劣后果。细菌的生命力和感染力，真是不可思议地强大，任何侥幸心理都是万万要不得的。

二是防感染和腐败的措施，只要认真执行，是一定有效的。凡是认真执行了刷手要诀的人，每次细菌培养就都是阴性，他们的手术后感染率几乎是零。感染和腐败不是不可战胜的，只要有了确实可行、行之有效的措施，严格地执行用鲜血换来的经验教训，腐败和感染可以被制伏。

三是同样的致病菌，每个人的抵抗力不同，结局也就有天壤之别。潜伏在同学耳朵旁的细菌，肯定已在她身上生存多时，相安无事。可是移植到了病人身上，就引发了骇人的后果，盖因彼此的素质不同，结果也就因人而异。同学是正常人，有良好的防御系统，所以病菌伤害不了她。但开刀的病人就不同了，自身抵抗力薄弱，雪上加霜，差点要了性命。当然我这样说，并不是要求病榻上的人要有运动健将一般的体魄，只是说加强自身的防御系统，是抵御病菌最有效的武器。一个人遭受细菌的感染不可避免，但有了足够的准备，即使敌人侵入，也可以在最短的时间内将其歼灭。

最后是要找到一个黄金般的点。应该说抗感染的杀菌药物是十分有效的，医生把致病的细菌培养出来，它就成了靶子。把各种抗菌药物，以不同的浓度加到培养皿里，观察哪种药物杀菌最有效，然后对症下药，把病菌最敏感的药物压下去，力争在最短的时间里，取得胜利。记得老医生总是很仔细地计算用药的剂量，根据病情，反复测算。我看得不耐烦，说搞这么复杂干什么，不是治病救人吗，当然剂量越大效果越好。老医生说，任何药物都是有毒性的，正是为了治病救人，才要找到一个最恰当的剂量，既干净彻底地消灭了病菌，又最大限度地保护挽救病人，这是一门艺术，一个好医生的职责，就是要找到这个像黄金分割率一般宝贵的结合点……

我记住了他的话，但更深刻地领悟它，却是在年岁渐长，看到了许多医学领域以外的问题之后。

病菌和微生物向我们撒下天罗地网，由它们引致的感染与腐败，每日每时都在发生。和形形色色的腐败菌做斗争，也许将贯穿经济和政治生活的整个历史。我们将会有更优秀的医生，我们将会有更强大的药品，我们将会有更严格的消毒手段，但加强自身的抵抗力，永远是最重要的。在旷日持久的战斗中，不断地完善自己修复自己，人类才会保持蓬勃的生命力，欣欣向荣。

白 衣

　　"白衣天使"的名称得益于医务工作服的色泽。以某一行业的包装颜色来命名该行当，在我记忆中，除了邮局叫"绿衣人"（现在这样叫的人已很少了），似乎仅此一家。近来又兴起管交易所的经纪人叫"红马甲"，但那只是个中性称谓，绝无天使的褒义。

　　其实穿白衣的并不只是医界，比如幼儿园，比如理发师，甚至卖猪肉的售货员。但提起白色的氛围，人们想起的只能是医院。

　　医生护士天天穿着雪白的工作服，飘飘若惊鸿。不光别人看着神圣，自己也颇潇洒。古语说："男要俏，一身皂，女要俏，一身孝。"讲的就是这个意思。其实无论男女，穿上白的都给人一种肃穆静谧之美。白色美而不妖，露出隐隐的寒意，从象征的意味上安抚了人类焦躁的心灵。

　　但穿白衣是很麻烦的，它极不禁脏。世上再没有比白色更娇嫩的颜色了。任何一种其他颜色的侵入，都会使它失了纯正。不像在蓝里兑了黄，能够生出很鲜亮的绿来。

　　白色这种对其他色泽强烈的排他性，使得医务人不敢心有二骛。医学是那样地博大精深，似乎遵循着一个"全或无"定律。这是一个形容肌肉收缩状态的法则，意思是或者完美，或者一无所有。白色要么很纯粹，晶莹如雪。要么很肮脏，开除出白色的队伍，成为晦暗的灰色。医生要么是治病救人的圣手，要么是草菅人命的滥竽，中间状态的不多。因为面对只有一次的生命，敷衍就是迫害。

所以做医生的，就该终生穿着雪白的工作服，永远一尘不染。

每逢钻进白衣，就进入了一个特定的角色。你需忘我，你需认真，你需冷静如秋水，你需严谨如丝丝入扣的卡尺。

每逢套上白衣，就像武士披上甲胄。等待你的是一个奇诡的战场，任何侥幸和莽撞都需他人付出血的代价。医生可凭借的武器只有自身的机敏勇敢和猎犬一般的感觉。

每逢走入白衣后面，都有蒙上假面的体验。个人的烦恼忧愁，都留在白衣的外面了。在没有卸掉这白色的伪装之前，你自身的悲哀与怯懦，不可有丝毫的流露。你呈现在病人眼前的，该是希望明媚的笑靥。

白衣在身，犹如一套精致的枷锁。一时不除，便被神圣到沉重的责任钳制着，无法真正肆意地欢笑，无法忘情地戏昵与调侃。

卸掉白衣的时候，好轻松。犹如古代传说中的仙女，摘下周身繁琐的羽毛，终可以自由自在地跳入水里游泳。

然而你既然选择了救死扶伤的红十字，就注定要在每一个霞光四射的早上，乖乖地走入白衣。

早年间的白衣都是布做的，很厚重。冬天可挡些许风寒，夏天可就遭罪了。大多数的医生忍着酷热，维持着自身形象的尊严，像誓不解开风纪扣的士兵。也有少数耐不住热，上穿一件背心，下着一条短裤，外面笼罩着宽大的白衣。不知怎么，我对这样医生的医术，总是信不过。

以后白衣的料子变成的确良的，变成涤卡的……越来越平整熨帖了，只是仍不好洗。白衣最爱脏的是袖口，每天都要在桌上摩擦无数个来回，袖下便沾了许多褐灰的土斑。一抬胳膊，好像打了两块补丁。

二十多年前我在藏北高原当卫生兵，白衣三天洗一次还显得脏。那儿烧的是焦炭，按说不是很脏。主要是引炭的柴禾灰暗如铁渣，油汪汪的。高原缺氧，火极易灭，几乎每天要生一次火炉，柴灰就像天女散的花，牢牢镀在白衣上。女孩要强，洗白衣就成了必修课。屋里总有火，热水不成问题，为难的是没有大盆。小小的洗脸盆泡进一大卷工作服，恰如饭碗里盛进鼓尖的龙须面，搅也搅不开。打上肥皂勉力揉搓遍了，漂洗时就更费周折。要是涮不净泡沫，白衣上就会留下浅黄的疤痕。我们就端了脸盆，跑到远远的狮泉河去浣白衣。那是一条浩瀚的大江，为著名的印度河的上游。河水澎湃如鬃毛倒竖的银狮，一路咆哮而来。我们揪着白衣的一个袖子，把白衣横着丢进狮泉河。白衣先是打了一个漩儿，然后翻个身，非常惬意地伸展胳膊，被河水灌成鼓囊囊的胖大人形，好像快乐的雪人，从胸膛里发出嘣嘣的笑声。我们一边叫着，一边手里不敢丝毫松劲。河水的冲力极大，稍有疏忽，白衣就会脱手而出，顺流而下，到印度那边看风景去了。

狮泉河水都是冈底斯山万古不化的寒冰所融，就是在盛夏，也冷得砭骨。当我们的手指冻得快失去知觉之际，就是白衣浣净该回军营之时。

男医生们不爱洗衣。但自己的衣服可以脏着，工作的衣服是必须洗的。不知哪个偷懒的男儿发明了一个办法，把洗衣粉、肥皂头辅以火碱，兑了水炖在火上熬，直至它们搅和成奶油一般浑浊的液体。此时把白衣浸进去煮，浊浪翻滚白气腾腾，好像一道佳肴。

这样熬炼出的白衣，白倒是挺白的，只是不透亮，像旧墙皮似的发乌，为真正的勤快人所不取。

碰到女孩们洗白衣，就有男士们趁火打劫。他们也不说话，没事

人似的走过去，却突然像丢弃婴似的把一个卷得小小的布包，甩进你充满泡沫的脸盆。你一边骂他，一边打开包袱。不用说，那是一件像洋铁皮一般肮脏的白衣。

假如哪个女孩总是给哪个男孩洗白衣，从此那个男孩的白衣总显出手工洗涤耀眼的白色，在众多的白衣堆里鹤立鸡群，那就是白衣传递了一段缘分。

有一段时间我做了一家工厂卫生所的所长。因为大夫们救人有功，有几家单位找上门来，说想慰问辛辛苦苦的医生，先来问问大家想要点什么。大伙儿七嘴八舌地这个说要吃的那个说要玩的。我对来人说，假如各位真心赞助，就请支援每位医生几件白衣吧。

此说一出，众皆寂静。

医生的白衣按标准是每年可领一件，其实是不够穿的。便有医生外穿很褴褛白衣，领口内却透出高雅的衬衣和毛衫，形成一种滑稽。现在是一个女人夏天有十条裙子的时代，白衣也该多有几套，天天浆洗一新。

我见过一位很简朴的老医生。她的白衣袖子磨破了，就打了一个大大的补丁。后来她的袖口也破了，她就索性把袖口剪去了。这样袖子就不够长了，她就缝了一个细细的小边，里面抽了根皮筋。以后每当看到她的灯笼袖，我就觉得她似乎更应该去做一个托儿所的阿姨。

世界五颜六色，一生总穿白衣，也是一种单调。

单调也是一种美。森林是树木的单调，海洋是水的单调，冰川是雪的单调，不都是美吗？

有一天读旧报纸，说大跃进时有的医院改成花工作服，小孩见了医生，不再吓得哭……

我不能想象穿着花衣服的医生，犹如不能想象雪花是彩色的。

迎接眼镜

从小向往眉宇间戴上一副真正的眼镜。就是说，它不是用墨笔涂在眼圈外的拟作，也不是用铜钱窝两个圆环挂在鼻梁上的伪作，而是斩钉截铁地由玻璃和彩色花纹的塑料组装成的真品。

为了实现这一光辉梦想，我奋斗多年，殚精竭虑。最大的障碍是由于遗传法则的限制，我不幸地从远祖那里继承了优良的视觉基因。虽然由于它的帮助，我以特等甲级的身体入伍成边，但我并不感激它。这算不得什么大功劳，军队里绝非人人火眼金睛，挎眼镜的指挥官汗牛充栋。

我被分往西藏。最初的日子，在想家的忧愁中，有一份大惊喜——高原处处白雪皑皑，反射回来的阳光，如紫色棱锥，对边防军的双眼极具迫害。为防雪盲杀伤，每兵特配发风雪镜一副。

玩具似的装备，茄圆形的湖苇色玻片，边缘被草率地切割成锯齿样，镶在权作镜框的软布中，好似扶不起的阿斗，懒洋洋地瘫着。充当镜架的是一条窄而锐利的松紧带，当它长时间地勒在你的耳廓上，后脑勺就会享到孙猴子开罪了唐僧后的待遇。

不管设备如何简陋，夙愿终于得以满足。迫不及待套上风雪镜，撒眼远眺，哦嚼嚼，天地大变，懈怠的镜片居然撒豆成兵，枯萎的高原显出奇诡的生机。

雪域脱去枯寂惨淡的素衣，一袭青纱，铺天盖地袅袅婷婷。冰岭甩了炫目的银盔，化作莹莹宝光的翡翠笔架。狰狞赤裸的褐岩，披覆青苔，好似碧草连天的雨石。更远处万古不化的积雪，因了那镜片的绿和不清晰，毛茸茸地矗立着，好似从天而降的原始森林。

雪蝶纷飞，认作青枝摇曳。雪暴横扫，似是林海旋风。雪雾腾起，误为青鸟飙升。漫天狂雪，也当第一阵秋霜，将无数尚翠的叶子，打得飘零……高原在小小的风雪镜后面，如此生机盎然，郁郁葱葱！

然而，镜子是不可久戴的。我东张西望地在军营里走，首长关切地问，小鬼，雪盲了？

紧摇头。感激的笑容还没来得及从嘴角撤去，首长变色道，那你一天到晚地老戴它，做什么？这是战备物资，好钢要用在刀刃上！

从此，只能在夜里戴镜。星光之下，山浑浑噩噩地辨不清轮廓，雪原也变成一张奇大无比的拓蓝纸，很是无趣。只剩偷着探望月亮，还可生出几分遐想。镜的绿和夜的黑混淆在一起，闪出沥青的光泽，仿佛茁壮的海带舒展了无边的臂膀。高原孤独的月亮，在天宇和山幽蓝的狭缝中，犹如一枚祖母绿雕成的橘瓣斜坠着，迸射出引人腮帮子发酸的黛光，让人怅怅地思念起时间和空间的遥远。

我想，刀枪相见的时候，血脉喷涌不可一世，血珠溅落，定如碧绿的草籽遍野绽放，锵然有声。古代讲碧血丹心，想来那时的人，也是透过一副猫眼儿石雕成的绿镜看战场的吧？

后来我做了医学生，轮到眼科实习的时候，暗下决心，一定要利用职务之便，为自己配上一副真正的镜子。为了名正言顺达到这一目的，我在扑朔迷离的烛光下刻苦读书，以便视力快快下降。长篇累牍书写大病历，祈求神经过度疲劳。终于啊终于，自觉视物模糊，聚焦不准，迎风流泪……于是，踌躇满志请眼科医生为我验光，用作配镜根据。

老医生先为我查视力。面对墙上的视力表，我把大写的"E"字缺口，指鹿为马一通。老医生听罢，深深叹了一口气，我吓了一跳，以为露出破绽。细细审视，见他并无谴责之意，才知只是为我惋惜，并不曾识破了端底，心中窃喜。接下来他为我滴药散瞳，嘴里不断唠叨着，还是新兵吗，军装没穿破几套，眼睛就毁成这样……好好给你查，别着急，若是假近视，还有救的……

我忙说，没得救了，哪能是假的呢？是真的，是真的。

老医生给我戴上只有镜框的空镜，然后打开一口沉甸甸的箱子。我斜着望去，哈！整整一箱子玻璃片，薄薄厚厚椭圆形，凸凹的螺旋折射着长长短短的光线，仿佛水晶城堡。于是喜不自禁，心想这许多款中，必有一副我适用的镜片，在箱子里已等得不耐烦。

老医生把格式镜片轮番镶在我的空镜框里，像往书中插借阅卡一般快捷。然后问，看到视力表上的 × 行了吧？

我有些踌躇，不知真正的近视者此时会如何表现，沉吟片刻，便说，不行，看不清。老医生便再叹气，又拿起一瓣新的镜片，说，这次看清了吗？我依旧沉痛地说，不成不成。老医生不断地把旧镜片放回去，抽出新镜片。反复多次之后，我有几分不忍，便在新镜片刚插上之后，茅塞顿开道，啊，这次看清楚了。

哦，哦……老医生并没有我想象当中的大功告成状，而是心不在焉地说，是吗？不着急，我们再试试。

见没什么新花样，我已对再试感觉无聊，又不好拂了老医生的意，便懒懒地应付他。

现在清楚吗？他问。

不清楚。这次我说的是真话，因为透过厚厚的镜片，那些群集的"E"，个个都像炸糊了的焦圈，边缘锋利，面目可憎。

现在呢？他盘根问底。

好一些了。我诚恳回答。

那么这次呢？更加循循善诱。

更好一些了。我如实交代。

老医生运筹帷幄的样子，后来他干脆把两副镜片重叠挂到我的眼前，说，喏，这回，你再看看如何？

眼前仿佛垂下两道清澈透明的雨帘，我凝神看去，万物如此毫发毕现，楚楚动人。我甚至看到老医生额上汗珠的反光，其中有一个极亮的斑点在抖动，那正是我鼻梁上双重镜片的影子。

清楚极了！我就要这副镜片了。我从检查椅上跳起来。

老医生很安静地示意我坐下，然后说，知道你的眼睛度数是多少吗？

我说，不知道，请您告诉我。做此回答的时候，我第一次有些沉重。看来，我的眼力真是不可救药了，需要两副镜片，才能纠至正常。

这是一片凸透镜和一片凹透镜的相加，它们度数相等。也就是说，两片互相抵消的结果是零，相当于一副平光镜。当你觉得视物最清楚的时候，用的完全是你自己的视力。老医生淡淡地描述着，带着平等征询的意思，好像在同我商讨第三者的病历。

诈病的结果一则以喜，一则以忧。喜的是我优良的视力，犹如忠诚的牧羊犬，在冷淡与奚落下，紧紧跟随主人的脚步，并不曾片刻生气远去。忧的是我在医院散步时总需提高警惕，一发现眼科的老医生，便落荒而走。

从此，我不再做戴上眼镜的美梦，好的视力也犹如癌症，无法轻易将它逆转。

转机在许多年后，无声息地降临。我突然发现自己频频换大台灯的瓦数，以致炽亮的灯泡将塑料灯罩烤出胶鞋的味道。我开始抱怨某些报纸刊物为了节省纸张，在有限的篇幅里把字挤得水泄不通。读书时不由自主地把肘部伸直，好像纸页是盛装的舞女，散发着过于浓郁的香气，必得适当拉开距离……在某一个黎明，那通常是我心情最好的时候，猛然一个鲤鱼打挺般地意识到——眼睛已经老花。

我推掉所有的工作，迫不及待地去了医院。几十年前的那一幕重演，空的镜框和波光璀璨的小箱子，只是检查椅上的人，已青春不再。这一次我诚实如泉水，看得清就说清，看不清就说不清，无一诳语。结果很快被电脑打出来，负责检查的女医生却迟疑着不肯开方，说，依你的年纪，好像还不至于老花，度数也还浅，镜在配与不配之间。

我忙说，配，为了它，我已等候多年。

我为自己选了最坚固的镜盒，为的是出门远行的时候，经得起摸爬滚打。挑了最柔韧的镜布，以便时时将镜片拭得纤尘不染。定了最轻捷的镜架，因为预计会长久地与之携手，不想让鼻梁受苦，压出深槽。买下最结实的镜片，自知马大哈，极有可能把它碰到地上伤筋动骨。

为自己做这一切的时候，尽心尽意，周到无比。

啊，我的好眼力，在为我服务多年以后，悄然隐退，好像青青豆荚，已经黄熟，显出功成名就的淡泊之意。我自然要准了它的假，让它从此脱离了羁绊，列入仙班。然而活儿还要有人干，新的朋友款款地来了，自然要好生善待。

人生好似激流中的一叶龙舟，每个人都是船长。从出生的那天起，赛手们就披挂起来，一起出航了。好眼力陪伴本船长多年，如今已率先告休。诸多的告别还会接踵而来，它们是造化布下的多米诺骨牌。

啊！我的好心好肺好胆，我的好腿好脚好胃口，我的青丝固齿好血压，我无可挑剔的心电图和卓越的化验单……我知道你们此刻正挥臂奋桨，吆喝着号子竭力向前，并无半点懈怠之意。但我更知道，你们在悄悄地交换着眼色，准备在某一个黄昏，学了好眼力的榜样，依次悄然遁去，不再伴我远行。

分离必将发生，老的选手下去，新选手上来，代谢的法轮所向披靡。

好视力原来的位置，坐上了我的老花镜。人生是单向的航程，河边的风景各不相同。夏有绿，秋有风，冬天有冰，春天雪融。以前我用好视力看望它们，今后我将用老花镜继续欣赏它们。

只要龙舟还在前进，欢送和欢迎，必将盛大而盛情。

哪个女兵
十七岁

那一天，朋友约我到军营去玩。军营在山中，冬天，树都轻装了，秀丽地戳入蓝天，更显出精干和苍凉。自从脱下军装转业到地方，我再没有踏进过军营的大门。一是没有适宜的机会，老部队在西藏，距此十万八千里，就是有个邀请老兵团圆联欢忆旧思甜的聚会，人家就地解决了，于我是鞭长莫及。二是心中隐隐的怯意。当年在部队时，对所有走进营区的老百姓，最先想到的词是"混入和潜伏"，持续用警惕的余光扫视他们的衣襟，怀疑那下面藏有一把枪。固然当时地处边防敌情紧张，首恶还是主观上的唯我独革和内心的风声鹤唳。人们素常是以自己的心态来推论别人的，于是二十多年的时光中，我再也没有踏入军门，只是在文字中点染绿色。

这一次，是部队的女兵喜欢我的书，希望和我聊天。她们列队操场，在风中鼓掌，年轻的手指因为寒冷和用力而通红，在阳光下桑葚般的半透明。

那一天，说是座谈，其实是我不断地发问和讨教。我看到她们的绒衣就问，结实吗？当年我们在西藏，为抵御酷寒，把绒衣衬在棉衣里，内外摩擦十分易糟，穿不上半载，绒衣就像一片捕过很多鱼的网。女兵们告诉我，现在的绒衣里加了纤维，经久耐磨。看到她们的雨衣，我就说，你们可曾把它铺到地上？女孩子们嘻嘻笑起来，说雨衣是穿的，又不是毡子。我说，当年我们在雪山露营的时候，就用它铺在地上防冻，以至于我后来每当看到涂着防水层的绿色胶衣，想到的不是如烟的冷雨，而是皑皑的冰霜……

那一天，女兵们还为我唱了《青藏高原》，想不到她们的歌喉如此之好。我刚开始抱着欣赏的态度泰然听着，很快就心潮激荡把持不住。心潮涌上了眼帘，化为热泪纵横。藏北高原是我精神的故乡，在这里和它相逢，怎能不感慨万端！

女兵们要合影留念，我在山风中屹立，时不时揉揉颧骨，让冻僵的皮肉呈现微笑，免得留在军人们照片上的尊容像个扒猪脸。合完影的女兵跳着脚闪开，还没轮到的姑娘蜂拥而上。政委怕我冻病，说你们不停地换人，老兵一直坚守阵地，老兵也不是盆景，今天就到此为止吧。我突然想到一个心愿，说，战友们，我有一个小小的请求，请告诉我，你们谁是十七岁？

女兵们愣了一下，这个说，我十八，那个说，我二十……却没有人正好十七岁。连长说，让我想一想。对了，正在值班的那个女兵今年十七岁。快快，三班长，马上派个人去顶班，换她来一下。

十七岁的女兵匆匆赶来了。她出现的时候，正好是背光，我看不清她的眉眼，只看到一个矫健的身影，如同一粒翠绿的弹子，跳着从太阳的金线中蹦出。我说，我可以和你照张相吗？她有些害羞地微笑说，当然可以了。

十七岁的女兵站在我的身边，仿佛一棵青葱的桦树，笔直而蓬勃。我可以听到她钟摆一般轻灵的心跳，没有丝毫的杂音和紊乱；我可以看到她如瀑的黑发，蜷曲在军帽中，不甘心地漏出丝丝缕缕，被阳光镀成明黄；我可以闻到她青春的气息，似雨后竹笋上的水滴；我可以触到她略嫌宽大的军装，洗涤的揉搓还未曾使崭新的棉布柔软……

照完相，马上要回去值班，她说，你会把照片寄给我吗？我说，一定。她信赖地看着我，脸是如此光滑，没有一粒尘埃，目光是如此清澈，没有一丝污浊。

我向官兵们挥手，告别了军营。回头望望，祝福她们。那一年我上高原的时候，也是十七岁。看到了这个女兵，我仿佛看到了当年的自己。我知道，这个女兵不会是永远的十七岁。她会长大，跨过岁月的栅栏，向远方跑去。我知道她会跌很多跤，瘀很多伤，淌很多泪和汗，有时候也会滴血……她将浴火沐风九蒸九焙，从一颗稚嫩的青豆磨炼成珍珠。她的目光将不复天真，但依然保持真诚。她的面庞光洁不再，但笑容依旧。她能一直不倦地跑下去，因为她十七岁的时候，就已经坚守岗位和职责，就已经懂得了奉献和光荣。

1969 年我从北京出发，参军分配到西藏服役，曾任卫生员、助理军医和军医。1980 年自西藏转业回北京，拢共在西藏阿里军分区工作了十一年。取个大数，就说十年吧。

去的时候，我不到十七岁。回的时候，二十八岁。这个年龄段是要紧的时光，重要性绝对大于从五十岁到六十岁。后面的增长大致是岁月火箭的一节节脱落，而青年时代则是整个人生的起爆。

我坚信人的记忆是有形状和重量的。人生如同胶片，一旦感光，便不会消失，你不能毫发无损地假装什么都没有发生。做过窗帘的人都知道，要在薄如蝉翼的窗纱下沿，缝缀一条沉重的绳索，名曰铅坠。它到底是不是铅做的，我不晓得，掂起来分量压手，倒是千真万确。我问缝制窗帘的工人，能不能不要这东西？工人摇头说，必得要，才拽得住轻纱，让它不会随风飘荡。

悲惨的记忆，就是窗帘下的绳索。快乐的瞬间，人突然就战栗了，一切索然。概因那坠儿冷冷地晃动起来。

欢欣鼓舞的记忆，像绿叶盈手身躯肥满的胡萝卜。兴高采烈地灿烂着，富有营养而又带着星星点点的泥土，朴实无华。吃起来，有微微的甜，吸收入体，有强骨健身之效。

一个人跳舞

那些亲密的记忆，或许如同穿过几次的洁净衬衣，有了独属于自己的纹路，熨帖随性。你几乎感觉不到它的存在，但举手投足之间，你确知它与你同行。

我的青春岁月，就似一柄幽蓝的人参，埋在冰峰雪岭之下，悄无声息地静卧着，它冷韧的须根，缠绕在冈底斯砾岩之中，尽力汲取着地心腾起的微微暖息。

我说自己的记忆如人参，并非指稀缺和宝贵，只为此物略具人形。这年头人参已不是稀罕物了，上个秋天我到东北林区，当地干部十分自豪地告诉我，一亩林可栽十万株参苗，号称"野生"，长势喜人。从此我褪去了对人参的仰望，只当它是白菜萝卜般的寻常蔬菜了。

我与战友，都年近花甲。当年的少女，已成白发老媪。大家见面，聊起往事，我这才知道，伙伴们当初都在如胶似漆地谈恋爱，而我身为班长，对此了无知觉。每日朝望冰峰夜观星宇，心如古井。倘若放在今天，一定是个雪山剩女了。

有人问，那么长的时间，你做了些什么呢？我深深惶惑了。仔细追忆，除了走过很远的路，看了若干书，学了一些医学知识，救活了几个人之外，再想不起做过什么。

我说，真惭愧。十年时间，似乎什么也不曾做呢。只是面对冰山发呆。

别人就不说话了，可能觉得那十年的缺氧，已把我的脑仁蚀坏了，不宜深究。直到某天，藏区一位德高望重的长者问我，那些年，你看的都是什么山呢？

我说，很多山。喜马拉雅山吧。冈仁波齐山吧。喀喇昆仑山吧。

阿里高原是这些山脉交汇之处，山冠都是冰雪，彼此相连，绵延不绝，好像也分不清到底是哪座山。

长者沉思道，你可明白这是一个修行？你用十年的时间，面对冰雪，经历了别样的修炼。一般所说是面壁，你是面冰。你要难一些，所幸已安然完成。

一个有宗教色彩的解释。

想来有趣。某人用十年时间，目不转睛地盯着一个景物，会发生怎样的变化呢？

盯着水流看上十年，估计波光诡谲风情万种吧？盯着风向看上十年，一定壮怀激烈大风起兮云飞扬啦！盯着鲜花看上十年，随意吐口唾沫，怕就炼出了玫瑰精油。盯着大海看上十年，眼白就浸染成了蓝宝石……

面冰十年。我知道自己从此喜欢清静和安宁，喜欢纯正和简单，喜欢透明和坚硬，喜欢宁为玉碎，不为瓦全——哦，也许应该说——宁为冰碎，不为瓦全。并不是气节英挺和勇敢无畏的表现，乃是相信：冰碎了，入了土，化为水，遇到热，变成汽，碰了山，凝为雨，落下来，复为冰雪又冰雪……完成了一次生命轮回外带免费旅行，一切回到原初。

一场盛大而漫长的
人生旅行

太多的人，习惯珍藏苦难，甚至以此自傲和自虐。

这种对苦难持久的迷恋和品尝，

会毒化你的感官，损伤你对美好生活的精细体察，

苦的力量比甜的力量，要强大得多。

不要把黄连掰碎，不要让它丝丝入扣地嵌入我们的生活。

那天晚上，比尔请客。

比尔是外交部的官员，负责接待安排我们在纽约的活动。比尔衣着朴素，脸上永远是温和厚道的笑容。当我们从纽约火车站出来的时候，看到的就是这种笑容。他帮我们推着沉重的行囊，在人群中穿行。当他护送我们到哈林区的贫民学校访问的时候，脸上也是这样的笑容。当我要离开纽约，担心一大堆资料无法带走的时候，又是比尔温暖的笑容帮我解决了难题，他答应为我将资料海运回中国。我要给比尔运费，比尔显出很不好意思的神情。我给了他二十美元之后，他说什么也不肯再要了。

比尔请我们在一家中餐馆用饭。比尔说，这是纽约最好的中餐馆之一。

我对请一个出访在外的游客吃故国饭食这事，一直持不同意见。比如一个日本人到中国访问，才从东京飞出来两个小时，到北京落地之后，被人请到一家日本料理店，吃一顿风味走了样的日本饭，他的感觉必不会太好。同理，我在国外出访，最怕的就是吃那种改良后的中餐。无论色香味都发生了变异，还不如吃根本就与我们不是同宗同族的西餐，因为有了准备，舌头和肚肠的宽容度反倒大些。中餐就吓人了，上来一个鱼香肉丝，当你做好了将尝到熟悉的川味的准备时，一个冷不防，居然袭来奶油的甜香，所受的惊吓足以让你怀疑自己的神经。

比尔在中餐桌上是有发言权的，因为比尔的妻子是一位香港女性。这的确是我在美国吃得最好的中餐之一。席间，聊到一个有趣的话题：人是否需要预先知道今生的苦难？

同桌的一位朋友说，他认为如果有可能，他愿意预知一生的苦难。理由是，凡事预则立，不预则废。知道了，有什么坏处呢？没有。并不会因为你的预知，就让你的灾难变得更多或者减少，那么，你多知道一点，就对自己的人生多了一份把握，该是好事。

闷头吃饭的比尔，突然大叫了一声：NO！

这是我唯一的一次，在比尔的脸上看到的不是笑容，而是愤怒和凄楚。

当然，比尔的愤怒不是针对那位朋友。比尔放下了筷子，对我们说：

很多年前，我和我的妻子，在香港抽签请人算命。那人是一个和尚，他看了我妻子的签说，你会早死。看了我的签说，你会老死。

你们知道早死和老死的区别吗？自从听了那和尚的话，我的妻子就对我说，比尔，我会比你先死。因为我是早早死去，而你是老死，你要活很大的年纪。我说，你不要相信这话，那个人是胡说。我会和你白头偕老，如果有个人一定要先死去，那就是我，因为你比我年轻。但是前不久，我的妻子生了喉癌。那是因为她年幼的时候，家中很穷困，没有菜，就吃咸鱼。咸鱼很小，有很多刺，鱼刺刺伤了她的喉咙。久而久之，就生成了癌症。妻子走了，留下我，等着我的

"老死"。

比尔说得非常伤感。朋友们缄默了许久，寄托对比尔妻子的深切悼念。我听出了比尔话后面的话。很多年来，关于"早死"和"老死"的谶语，就盘旋在他们的头顶。他们本能地畏惧这朵乌云，乌云尖利的牙齿，咬破了他们最快乐的时光。每当幸福莅临的时刻，惴惴不安也如约袭来。因为他们太珍惜幸福，就越发迅疾地想到了那不祥的预言。如果他们不知道那命运的安排，如果当年没有那老和尚的多此一举，比尔和他妻子的美好时光，也许会更纯粹更光明。

我不知道我想的是否符合实际，我也不敢向比尔求证。我把此事写到这里，是想再次问自己也问他人，我们是否需要预知今生的苦难？

大多数人是取席间的那位朋友的观点，还是像比尔一样说 NO？

我站在比尔一边。不单是从技术层面上讲，我们无法预知今生的苦难，我们也无法预知今生的幸福。就是有人愿意告诉我，把我一生的苦难，用了不同的簿子，将它们分门别类地列出，苦难用黑墨水，幸福用红墨水，一一书写量化；或者是轻声细语地娓娓道来，苦难用叹息，幸福用轻轻的笑声；想来，我也会在这种簿子面前闭上眼睛，在这种命运的告诫面前，堵上自己的耳朵。生命是我自己的东西，甚至可以说是我仅有的东西，我不希望别人来说三道四。我注重的是过程，在这个过程中，我感到自己的价值。我们可以预知的只是自己应对苦难和幸福的态度。此时此地，这是我们能掌握的唯一。知道了又怎样？不知道又怎样？生命正是因为种种的不知道和种种的可能性，才变得绚烂多姿和魅力无穷。你依然要生活下去，依然要向前走。变化是无法预料的，世界充满了不可捉摸的可能。能够把握的只是我们

自己。

那一天比尔离去的时候，带走了我沉甸甸的资料。比尔一手拎着资料，一手提着他不离身的书包。他的书包在纽约的大街上显得奇特而突兀。那是一个简单的布包，上面用汉字写着：天府茗茶。

在纽约看到比尔的所有时刻，他都拎着这个布包，突然想问问比尔，这是否是他妻子很喜欢的一件东西？

全职主夫

早上，告别伊利诺伊州的小镇，出发到芝加哥去，我和安妮要到附近车站乘大巴。从小镇到距离最近的罗克福德车站有一个半小时的车程，真够远的了。我们在岳拉娜老奶奶家吃了早饭，安坐着等待车夫到来。沿途的接送都是由志愿者负责，今天我们将有幸见到谁？

几天前，从罗克福德车站到小镇来的时候，是一对中年夫妇接站。丈夫叫鲍比，妻子叫玛丽安。他们的车很普通，牌子我叫不出来，估计也就是相当于国内的"夏利"那个档次。车里不整洁也不豪华，但还舒适。我这样说，一点也没有鄙薄他们财力或是热情的意思，只是觉得有一种平淡的家常。

丈夫开车，车外是大片的玉米地。玛丽安面容疲惫但很健谈，干燥的红头发飘拂在她的唇边，为她的话增加了几分焦灼感。我说，看你很操劳辛苦的样子，还到车站迎接我们，非常感谢。

玛丽安说，疲劳感来自我的母亲患老年性痴呆十四年，前不久去世了。都是我服侍她的，我是一名家庭主妇。我知道陪伴一名老人走过她最后的道路是多么艰难的过程。母亲去世了，我一下子不知道干什么好了。照料母亲成了我生命的一部分。现在，我干什么呢？虽然我有家庭，鲍比对我很好……

说到这里，开车的鲍比听到点了他的名，就扭过头，很得意地笑笑。

　　玛丽安说，孩子也很好，可这些都填补不了母亲去世后留下的黑洞。这一段经历，我不想让它轻易流失。你猜，我选择了怎样的方式悼念母亲？

　　我说，你要为母亲写一本书吗？这的确是我能想出的最好的悼念母亲的办法了。玛丽安说，不是每个人都有能力写书的。我想出的办法是竞选议员。

　　我的眼睛睁圆了。当议员可比写书难多了，不由得对身边的玛丽安刮目相看，议员是谁都当得了的？这位普通的美国妇女，消瘦疲倦，眼圈发黑，看不出有什么叱咤风云的本领，居然就像讨论晚餐的豌豆放不放胡椒粉那样，淡淡地提出了自己的宏大理想。玛丽安沉浸在对自我远景的设计中，并未顾及我的惊讶。她说，我要向大家呼吁，给我们的老年人更多的爱和财政拨款。服侍老人不但是子女的义务，而且是全社会代价高昂的工作。这不但是爱老年人，也是爱我们每一个人。我到处游说……

　　我忍不住问，结果怎么样？你有可能当选吗？玛丽安一下羞涩起来，说，我没有竞选的经验，准备也很不充分。当然，财力也不充裕。所以，这第一次很可能要失败了。但是，我不会气馁的，我会不懈地争取下去，也许你下次来的时候，我已经是州议员了。

　　玛丽安说到这里，鲍比就把汽车的喇叭按响了。宽广的道路上没有一个人，也没有任何险情，喇叭声声，代表鲍比的喉咙，为妻子助威。我对玛丽安生出了深深的敬佩，怎么看她都不像是一个能执掌政权的女人，但是谁又能预计她献身政治后的政绩，不是辉煌和显赫的呢？因为她的动机是那样单纯和坚定。

有了来时和这位"预备役议员"的谈话，我就对去时与谁同车，抱有了浓烈的期待。

车夫来了。一个很高大而帅气的男子，名叫约翰。一见面，约翰连说了两句话，让我觉得行程不会枯燥。第一句话是：出远门的人，走得慌忙，往往容易落下东西，我帮你们装箱子，你们再好好检查一下，不要遗漏了宝贝。在他的提醒下，我迅速检点了一番自己的行囊。乖乖，照相机就落在了客厅的沙发上。在整个美国的行程中，我只这一次丢了东西，还被细心的约翰挽救了回来。约翰的第二句话是：你的箱子颜色很漂亮，它不是美国的产品，好像是意大利的。我惊奇了，惊奇的是一个大男子汉，居然在记忆中储存有关女士箱子的色彩和款式的资料，并把产地信手拈来。我说，谢谢你的夸奖，你对箱子很了解啊。能知道你是做什么工作的吗？我猜想他可能是百货公司的采购员。

约翰把车发动起来，他的车非常干净清爽。他一边开车一边回答：我的工作吗，是足球教练。

我自作聪明地说：赛球的时候走南闯北的，所以你就对箱子有研究了。约翰笑起来说，我这个足球教练，只教我的三个孩子。我有三个男孩，他们可爱极了。他说着，竟然情不自禁地减速，然后从贴身的皮夹里掏出一张照片，三个如竹笋一般修长挺拔的孩子踩着足球，笑容像新鲜柠檬一样灿烂。约翰说，我的工作，就是照顾我的三个孩子。我接送他们上学，为他们做饭，带他们游玩和锻炼。我的邻居看到我把自己的孩子带得这样好，就把他们的孩子也送到我这儿训练，我就多少挣一点小钱。但绝大多数时间，我是挣不到一分钱的，因为我不好意思领工资，我是全职的家庭主夫啊。

我赶快把自己的脸掉向窗外，因为我无法确保自己的五官，不因巨大的愕然而错位。令我惊奇的不仅是这样一个正当壮年的健康男子，居然天天在家从事育子和家务劳动，更重要的是他在讲这些话的时候，那种安然的坦率和溢于言表的幸福感。我从来没有见过一个男子说到自己的职业是——家庭主夫时，如此的心平气和。

我变得小心翼翼起来。我怕我不合时宜的语调，出卖了我的惊讶。我说，你的妻子是做什么的？约翰说，法官，她是法官。在我们这一带非常有名气的法官。我说，那你这样……没有工作，对不起，我的意思是在家里……的工作……她心理平衡吗？

约翰很有几分不解地说，平衡？她为什么不平衡呢？这是一种多么好的组合！她喜欢她的孩子，可是她要工作，把孩子交给谁来照料呢？当然是我了，她才最放心。

话说到这个份上，我顾虑再追问下去，是否有些不敬，但我实在太想知道答案了，只好冒着得罪人的危险说，要是您不介意，我还想问，您心理平衡吗？约翰说，我？当然，平衡，我那么爱我的孩子，能够整天和我的孩子在一起，我是求之不得的。世上不是每个男人都有这样的福气的。他们不一定能娶到我夫人这样能干的女子，我娶到了，这是我天大的运气啊。

交流到这个程度，我心中的问号基本上被拉直，变成惊叹号了。我只有彻头彻尾地相信，世界上有一种非常快乐的家庭主夫生活着，绽放着令世界着迷的笑脸。

到了车站，当我和安妮把行李搬了下来，和约翰友好地招手告别，突然安妮一声惊叫：天啊，我的手提电脑……落在岳拉娜家了！

那一瞬，很静。听得见枫树摇晃树叶的声音。从车站到我们曾经居住的小镇，一来一回要三个小时，约翰刚才还说，他要赶回去给孩子做饭呢！我们看着约翰，约翰看着我们。气氛一时有些微妙和尴尬。临行之前，他再三再四地叮嘱我们，现在不幸被他言中，现在距离吃午饭的时间非常近了。

约翰是很有资格埋怨我们的，哪怕是一个不悦的眼神。出于不得不顾及的礼节，他可以帮助我们，但他有权利表达他的为难和遗憾。

但是，没有，他此刻的表情，我真的无法形容，原谅我用一个不恰当却能表达我当时感觉的词——他是那样的贤妻良母，真正的温和温暖的笑容，耐心而和善。好像是一个长者刚对小孩子说过：你小心一点，别摔倒了。那孩子就来了一个嘴啃泥。他的第一个反应不是埋怨和指责，而是本能地微笑和照料。他很轻松地说，不要紧，出门在外的人，这样的事情常常发生。你们不要着急，我这就赶回小镇，照料完我的孩子们的午饭，我就到岳拉娜家取电脑，然后立即赶回这里。等着我吧。在这段时间里，你们看看美丽的枫树。只有伊利诺的枫树是这样冷不防地就由黄色变成红色的了，非常俏皮。离开了这里，你就看不到如此美丽的枫树了。

约翰说着，挥挥手，开着车走了。我和安妮坐在秋天的阳光下，看着公路上约翰的车子变成一只小小甲虫，消失在远方。我们什么也不说，等待着他亲切的笑容在秋阳下重新出现。

我的颜料
是平静

　　欧文女士高高的个子，高原湖泊一样蓝的眼珠，在新墨西哥州第一眼看到她的时候，就感到此人可亲近。这次到美国去，我有意识地在做一个小小试验，因为语言蹩脚，外语几乎起不到作用，我就尝试着用自己的直觉去感知一个人，辅以观察对方的形体语言，以判断他的内在情感。这样做好处成双。一是我觉得自己对人的把握更直截了当一些，好像在片刻之中，就与他的精神内核有一个碰撞。二是虽然我不懂他的语言，但我全神贯注地看着他，令对方感到自己受到尊重。

　　欧文女士是位美术家、工艺家，她主攻绘画，也制作蜡染之类的工艺品。她手工画出的丝绸头巾，在州立博物馆设有专柜出售。她大约五十岁，二十年前到过中国，在沈阳的一所大学教过英文。她对中国很有感情，每当我说"谢谢你拿出这么多宝贵的时间来陪我"，她就说："不客气，我这样做很快乐，也可以练习一下我的中文。"

　　如果我的中文说得慢些，她就可以听懂大部分，这使我们交流的速度变得快了很多。

　　欧文女士开一辆越野吉普车，这在山峦起伏的新墨西哥州有广泛的用处。她每天早晨开着这车到饭店接我们，然后带着我们在阳光

等它们长大我就嫁给你

下飞驰。记得有一天，她说："山上有一段路的树叶黄了，要不要去看看？"

我到远方去旅行的时候遵循着一个古老的原则，就是"客随主便"。这不但是一种礼貌，不会拂了主人的好意，更让我从中受益多多。你想啊，一个外地人，哪里知道此地什么东西好什么东西不好呢？就算有观光手册，终是隔靴搔痒。最好的风景，一定流传在当地人的口中。况且景色这东西和时辰、季节、气候的关系太大了，要看到最好的风光，一定要听从当地人的调遣。

于是我们的车出发了，在美国西部的荒原上开始了蜿蜒的旅行。在红土地上爬行了一段之后就进山了。山不高，山路的两侧和纵深地带都是笔直的杨树。我生在中国的白杨之城新疆伊犁，对杨树素有好感，也就特别观察过杨树，但我真的从未曾看到如此透亮的杨树叶，仿佛金箔剪裁而成，绝无一般黄叶的残破衰败之相，它们是朝气蓬勃、欣欣向荣、意气风发、神采奕奕的。看到这样的黄叶，你会为绿叶捏了一把汗。如果绿叶没有制造氧气这样的功用为人类所喜欢，单从审美的角度来说，宁静而纯正的黄叶是无与伦比的，充满了让人清心寡欲的生机。

一天，欧文女士抛给我一个难题，说明天上午的活动让我在两项当中任意选择。一是到另类治疗中心看治疗师实施催眠术，一是到她家看她如何在丝绸上作画。如果我想学，她愿意教我。

真是"鱼和熊掌不可兼得"，而且谁是鱼，谁是熊掌？说到这里，我倒想对这句古语发表点意见。我总觉得把鱼和熊掌列在同一类里，似乎不妥。就算古时候的熊比现在多得多，古时候的鱼比现在难抓得多，它们的味道也还是不能比。

我很想看看外国当代的催眠术是怎样的。特别是欧文女士强调了"另类"，更是激起了我强烈的好奇心。还有一个重要的因素，我估计安妮也是对催眠术的兴趣更大一些。虽然她是非常中立地为我翻译了欧文女士的意见，但依我的直觉，我猜安妮可能更想看看催眠术是如何现场操作的。

　　至于绘画，我真是一窍不通。我在博物馆的专业柜台上看到了欧文女士的手绘丝巾，我很喜欢，我觉得那里面有一种飘然的平缓，一种让人心绪浮动的细腻。我很想亲眼看到一位西方的艺术家是怎样在中国的丝绸上作画的。

　　我对安妮说："让我想五分钟。"

　　我想，催眠术，无论中国的外国的都差不多吧，此地可能更神秘、更现代或是更诡谲些？虽想象不出具体的情形，恐怕万变不离其宗。

　　丝绸绘画一定是静谧和柔软的，它充满了欧文女士个人化的特色，离开了新墨西哥州的圣塔非，就再也领略不到这份异国的精彩。

　　我突然明白了自己面临的选择，实际上是在很有限的时间里，我选择让自己的神经经历一次峰回路转的惊诧，还是温柔淡定的平静？

　　思绪一整理清楚，选择就浮出来了。我对安妮说："很对不起你了，我想谢绝另类的催眠术，而到欧文女士家观赏手绘丝巾。"

　　安妮很诚恳地说："毕老师，你不要考虑我的喜好。我完全尊重你的选择。"

　　谢谢你了，善解人意的安妮。

　　第二天早上，欧文女士驾驶着她的越野吉普车准时来到饭店。我们出了城，沿着山路走到一个孤立的山包上，在山顶处，有一栋敦实而现代的住宅。欧文女士说:"到了,这就是我的家。"

欧文女士单身过很长时间,她一直在寻找自己的意中人,她走过很多地方,很多国家。她是一个很看重爱情、婚姻和家庭的人,她一直在寻找。后来找到了自己的丈夫,婚后他们非常幸福。欧文女士说:"我很庆幸自己终于找到了他。而且非常奇怪,我在全世界找这个人,却没想到这个人就在我们这座小城里。结婚的时候,我对他说:'我有艺术,你有什么?'他说:'我有房子,可以把你的艺术放在里面……'"

听到这里,我说:"我知道了,您的房子一定是充满了艺术的气息。"

欧文女士说:"别的艺术我不敢说,但我敢说我的房子里充满了中国艺术的气息。"

在长满了沙生植物的山坡上,欧文女士的家像一座现代城堡。走进房门,室内笼罩在蛋清样清亮的微光中,原来采用的是日光照明。房顶上有高科技的天窗,据说即使在阴天的日子里室内也有柔光。再往里走,就有浓郁的东方味道飘荡过来。在客厅墙上,悬挂着中国的服装。在展示文物的橱柜中,可以看到芦笙、京胡、绣片、漆盘……欧文女士笑吟吟地介绍说:"京胡是好的,可以拉得响。芦笙只能看,不能吹奏了,因为买的时候就是坏的了。我想挑一个好的芦笙,但是老板告诉我,这是最后一个芦笙了……"

墙上还挂着一幅巨大的丙烯画,红艳喷薄欲出。第一眼看过去,以为把夕阳切下了一个角,仔细看才能分辨出那是鲜红欲滴的玫瑰花。我说:"我要在这朵巨大的玫瑰前面照张相,它会给我带来好运气。"

欧文女士有两间画室，她领着我们来到其中一间好似作坊的工作室里，说："我平时画头巾就在这里，一般是不许外人参观的啊。"

欧文女士的手绘丝织头巾在博物馆的专柜里卖到八十美元一条，其中丝巾的成本只占很少的一部分，最主要的价值来自欧文女士的知识产权。她请我们来到她的工作间，真是莫大的信任，我们表示深深的感谢。

欧文女士拿出两条纯白的丝巾，一条是大而正方的，一条是小而长方的。欧文女士说，大的头巾让我做试验品，小的头巾是她的教具。

"时间不多了，咱们就开始吧。"欧文女士说。

我说："好吧，师傅。"

大家就都笑起来。

欧文女士打开她的颜料柜，我的天！这么多瓶瓶罐罐，可能有几百个吧。

欧文女士抚摸着这些瓶瓶罐罐，如同骑士抚摸着他的战马和剑。她说："要在丝绸上作画，首先是颜料。我摸索了许久才找到这种法国出产的牌子，它的色泽在丝绸上的表现力是最好的。稀释颜料的时候要加冰醋酸，依我的经验，用一定温度的热水效果是最佳的，但是配置多种染料的时候，热水也是一个问题。我开始是用开水晾凉，但这温度不好掌握，要不停地用温度计查看。后来呀，我想出了一个法子，就可以得到温度非常适宜的热水了。你们猜，什么法子？"

我和安妮都摇头，想不出除了用水壶烧水和从暖水瓶或是饮水机扭开龙头向外放水以外，还有什么法子。

欧文女士得意地指着一台外壳染得像个花脸似的微波炉说："我

就是用它得到适宜的热水。我有一些固定的容器，把冷水注入一定的水位，然后在微波炉里加热一定的时间，就可以得到适宜温度的热水，方便得很。有时候，我的染料温度不够，我也把它们放到这里来加温。"

我看着色彩斑斓的微波炉说："您这个技术革新，我一定要记下来。"

欧文女士说："这个微波炉是我独身时置下的，跟随我很多年了，除了热颜料，当然也热饭，我觉得这很正常啊。结婚以后，我先生说，他不能接受在这个微波炉里热出的饭，吃到肚子里会痛的。我们就又新买了一个微波炉，我的这个炉子就专门为染料服务了。"

欧文女士用木梁制作了类似绣花绷子的架子，把丝绸头巾固定在上面，如同平整的鼓面。之后她拿出画笔，又一次让我惊叹不已。那些笔呀，全是正宗的上等中国货，古色古香，粗细兼备。

她接着传授与我："在头巾上作画一定要用曲线，头巾是女性的珍爱，曲线最能表达女性的优美。和中国画写意中的大片留白不同，丝巾上是不可留白的。要用艳丽的色泽把整个丝巾涂得满满的，最美妙的是各种色泽相接的地方，由于丝绸的特性和染料的作用，会在颜色交叉处产生浸润和覆盖，那是很神奇的，会有意料不到的效果出现，有一点像烧瓷器时的'窑变'。当然，交叉之处浸染的规律也很多哦，要反复练习和摸索才能掌握。"

"丝绸围巾画好之后，就要放到锅里去蒸。"欧文女士说。我问："为什么要蒸？"

欧文女士说："为的是不掉颜色。丝绸围巾容易掉色，是一个很难解决的问题。特别是手绘的头巾，有的质量不过关，新的时候看着挺漂亮的，脏了一洗，不得了，颜色淌了，一塌糊涂。不知你们注意到了没有，几乎所有想买丝绸手绘头巾的人都要问一句：'会不会掉颜色啊？'我也是研究摸索了好久，才找出了这套方法。"欧文女士说着，拿出一个巨大的蒸锅。我好不容易才忍住自己的惊奇，因为想起早年间坐长途汽车，路边的小饭馆从这种蒸锅里拿出来的包子足够全车人吃的。

"这可是我的专利啊。"欧文女士说着，把丝巾和一种特殊的纸包裹在一起，然后紧紧地卷起来，一层压着一层，折叠之后约有手掌大小，再用干净的白布裹好，摆在笼屉里。"蒸的时间要足够的长，但是火可不能大。而且，你们看我的蒸锅和街上买来的蒸锅有什么不同呢？"

我看了半天，看不出有什么不同，只好摇头。

欧文女士说："我的锅盖是后配的啊，它是没有孔的。因为蒸丝巾有一个非常关键的点是不可漏气。所以，从街上买来的现成的蒸锅，是不能用的。蒸锅本来的用途是蒸包子的，为了让包子膨胀起来，要有蒸汽喷出的孔道。但是，蒸丝巾就完全不同了。不能让水汽跑了，要让它们在锅内旋转，带着颜色渗透到蚕丝里面去。锅屉一定要用竹屉，是什么原因我不知道，但只有竹屉蒸出来的丝巾最好。锅内不可用任何金属的器物，翻动丝巾也不可用金属，可以用木制或是竹制品。锅内的水万不可太深，如果水深了，在蒸煮的过程中水浸到了丝巾，那就对不起，前功尽弃了。为了让锅盖完全不漏气，最好用锡箔把盖子包起来，那就万无一失了。水也不可太少，如果蒸干了，整整一锅丝巾就全报废了。蒸好的丝巾要用上好的洗发香波洗一遍，注意啊，一定要用冷水，要是用了热水，对丝巾的颜色也会有影响。

"洗好之后，就是晾晒了。千万不要到太阳下面晒，但也不可在潮湿的地方慢慢阴干。要在有太阳的天气里，在太阳的阴影中将丝巾快速吹干。然后喷上熨衣浆，要喷在丝巾图案的背面，不可喷在正面。喷好熨衣浆之后，把丝巾折叠起来，稍等片刻，然后把它们熨好……"

我看欧文女士讲解得这般细致，不要说实地操作一遍，单是这样听下来都觉得辛苦，待她讲到这里，插嘴道："熨好之后，可就大功告成了。"

欧文女士笑眯眯地看着我说："没告成，还有点睛之笔呢！"

她说着拿出一瓶金色的染料："我喜欢用金色签上我的名字。因为我所绘出的每一条丝巾都是我的一次创造。我从来没有重复过自己。有的时候，绘出一条特别美丽的丝巾，我会舍不得把它拿到博物馆的专柜出卖。我就把它留在自己的身边，但这样保留下去自己身边的丝巾越来越多，也不是个办法啊。时间长了，我就会把一些原来准备保留的丝巾送到博物馆去。送去之后，我心里又非常惦念它们，经常到专柜柜台去看望我的那些丝巾。甚至，我很希望我的这些丝巾卖不出去，那样我就可以再把它们名正言顺地收回来，

秋天的叶子与泡泡

保存在自己的身边。但是，很遗憾，我最喜欢的那些丝巾都以最快的速度被人挑选走了。我在伤感的同时也有满足和快乐，因为我知道了自己所喜欢的东西也是大多数人所喜欢的。能给我带来快乐和美感的东西，也给别人带来了快乐和美感。"

我听得入神，心中真羡慕欧文女士对丝巾的这种感情，好像它们是她孵出的一群鸡雏。

欧文女士讲了半天，一看表，说："时间不早了，我们马上进入正题，你今天在这里亲手画一幅丝巾吧。"

她领我到画室配好颜料，然后帮我把丝巾绷在架子上，微笑着说："你可以开始了。"

我不知道怎样开始，突然惊慌起来，比我当年做卫生员第一次给病人打针时还紧张。怎么把针头戳进皮肤好歹还在白萝卜上练过，可这么大的一块雪亮丝绸，一笔下去就不可更改了，心中忐忑。

欧文女士用毛笔饱蘸了天蓝色的染料，在为我做示范的小丝巾上涂上了深浅不一的条块。一边画，一边对我说："蓝色是最丰富的色彩之一，特别是在丝绸上表现的时候，同样的一条蓝色，上沿多用些水，下沿多用些染料，就会出现立体的变幻效果。"

我颤颤巍巍地抓了笔，也蘸上了蓝色的染料，还是想不出画些什么。可能是蓝色刺激了我的想象，或者是我的想象实在贫乏，我用蘸着蓝色染料的毛笔在白丝绸上写下了一个大字——天……

欧文女士惊奇地看着我，可能因为汉字的象形性质，她一开始并没有意识到我是在写一个字，以为我是在画几缕高天流云，待看明白我是写下了一个"天"字的时候，她很欣赏地笑起来，说："很有特点，你接着画吧。"

我却更为难了。蓝色已被写了"天"字，之后，再画或者说再写什么字呢？

欧文女士问我："你还需要什么颜色？"

这时，一个想法蹦出脑海。我很坚决地说："我要赭红色。"

欧文女士拿出一个颜料瓶。我端到齐眉处，对着阳光看看，说："不是这个颜色，这个太偏向咖啡色了，我要更红一些的。"

我看安妮向欧文翻译这些话的时候，一副不知我的葫芦里卖什么药的神情。我也不解释，看了欧文向我推荐的第二种颜色，依然说："不是，我要的不是这种颜色。"

后来，干脆是我自己动手，在欧文众多的颜料瓶里挑出一种色彩。

欧文看了，提示我说："一般人通常是不喜欢棕色和咖啡色的。"

我说："师傅，谢谢你告诉我，但是，这幅画我还是想要用这种颜色。"

颜色调出来了，我用笔尖蘸了色，在雪白的丝绸上用赭红色写下了"印第安"三个大字，这些字写得像搭建起来的小房子。

原来，就在前一天，我们到了印第安人的保留地参观。古老的部落，残败的建筑（那不能叫建筑，只能说是用红土夯建的小屋）衬托在蔚蓝色的天幕，给我留下了非常深刻的哀伤之感。

印第安人没有文字，于是他们的历史湮灭在荒原之上，遗留下来的就只有这近似废墟的崖壁。我想用一种东方古老的文字寄托自己苍凉无尽的追念。

欧文女士看着我的画，说："你画得不错。你把这幅画留给我，我来把最后的工序完成。"

这个上午过得非常充实。临走的时候，我问欧文女士："你已经完成了多少幅手绘的丝巾？"

欧文女士说："我没有特别精确的数字。手工创作不会件件都是成品，有一些不满意的，我就把它们销毁了。大致算下来，我绘出了七万条丝巾。"

我"啊"了一声，说："那么多啊！"

欧文女士说："是啊，我说的是卖出去的数字。我一想到在世界的各个角落，有七万名妇女系着我手绘的丝巾装点着她们的生活，我就非常兴奋。"

我说："欧文女士，你可以用一句话概括你手绘丝巾的风格吗？"

欧文女士稍微思索了一下，说："我用的颜料是平静。我把我的平静融化到我的颜料中，然后把它们浸透到遥远的中国制造的丝绸中，我把平静和丝绸结合起来。"

临走的时候，欧文女士附在我的耳边说："丝巾的四个角，你一定要用鲜艳的颜料填满，因为它们会飘扬在女士的脖子上，非常重要。再有一个小秘密，你一定要记住。在你的手绘丝巾的最后一道工序没有完成之前，你千万不要给任何一个外人看，就是你最好的朋友你也不要给她看，没有完成的丝巾是不美丽的。如果你对自己的丝巾不满意，觉得它没有惊人的美丽，你就把它销毁，不要拿出来。记住，一定要把丝巾熨得平平整整，在它光彩四溢的时候，再把它拿出来。"

恐龙和艾滋
的对话

　　我坐在一位科学家摆满瓶瓶罐罐和化石的实验室里，呼吸着混合了现代与远古气息的空气，听他冷峻地讲话，额头到颈后的寒毛，一片片竖立。

　　科学家说，现代人谈到艾滋病时，个个摆出深恶痛绝的模样。其实从医学的角度说，艾滋病毒真是很温和很讲理很绅士的病毒呢。

　　说它温和，是指它的毒力柔弱。哦，你不要企图插嘴或是反驳。艾滋病现在是世界上最可怖的瘟疫，没有任何确实有效的药物可以制伏它对人类的迫害。但是，从感染艾滋病毒到发病，有一个几年甚至长到十几年的潜伏期，漫长得多么温柔啊。

　　假如和流行性感冒的病人接触，几个小时至多几天之后，自己的鼻子眼睛就会复制出感冒的全套症状。感冒病毒是很凶恶的，它是属爆竹脾气，一点就着。艾滋病可是一个慢性子。

　　在没有发病的日子里，艾滋感染者可以毫无症状，甚至依然保持强有力的体魄。比如美国著名的篮球"魔术师"和矫健的"跳水王子"，都是在这种情形下照样夺冠军取金牌的。你能想象世上还有这样通情达理的病毒吗？

　　假如你得的是肺结核或是肝炎，你敢期望这类的好运气？它们会立刻把你平平地放倒在病榻。就是胃溃疡或是肠炎这种良性疾病，发作时你除了呻吟，也是干不成什么伟业的。你说，是不是？

我听得目瞪口呆，除了连连点头，只觉得自己的胃也应声绞痛起来。

科学家摇晃着满头柔软的白发，好像浸泡过的优等北京粉丝，银亮光洁。问，你想什么呢？

我随口说，在想您为什么不染头发？

话一出口，觉得有些不妥，但这的确是我此时此刻的真实疑问。

我喜欢纯天然。白发是一种生命代谢的天然。岁月送我白色，我就照单全收了。艾滋也是大自然馈送我们的礼物啊。科学家平静地说。

艾滋病毒是大自然用来陷害人类的。我说。

话不能那么讲。大自然是一视同仁的，在它那里，你不能说哪一个种类的生命是正确的，哪一个种类的生命是罪恶的。艾滋病毒在地球上的历史也许也和我们人类一样古老，它原本是生活在热带雨林的猿猴体内……

那猿猴还不早都死光了？我忍不住插嘴。

是啊。从理论上讲是这样的，艾滋病毒的潜伏期再长，也总有猛烈爆发的一天，按此推断，那种猿类早应灭绝。但是，它们确确实实还生存着。这说明什么呢？科学家看着我，好像在测验我的智商。

那些猿猴产生了抵抗力。我凭着自己早年间当主治医师的根底，思忖着回答。

具体原因还无法确定，你的猜想也是其中之一吧。很可能是综合的因素在起作用，那些最危险的病毒，有的时候并不是最猛烈的。如果它太疯狂了，在很短的时间内，就致自己的宿主彻底灭亡，那就意味着它也同时失去了生存的条件。

总之，双方斗争的结果，是猿猴和艾滋病毒达成了某种和平共处的协定，病毒一代代地繁衍着，猿猴也一辈辈地传宗接代，在我们人所不知的原始森林中，它们优哉游哉地过着封闭的日子。

在密林中，生活着人类的原始部落。由于和猿猴的密切接触，有的人也感染了艾滋病毒。病毒从猴身上进入人体内，发生了某种变异。这种极危险的变异完成后，艾滋病毒的毒性显著加强了。

我们不知道艾滋病毒的这次迁移，具体发生在什么时间，也不知有多少原始部落的人因此而灭亡。但那时，它波及的范围毕竟比较局限。后来，文明社会的人进入原始密林，他们从当地带回了这种陌生的病毒……20 世纪末期的头号瘟疫，就像荒火般蔓延起来，扑向世界，烧灼人类心灵。

病毒无罪。它的本性就是不断地裂变复制自己，但这个扩散的过程，对于我们人类来说，却是致命的。

病毒没有头脑，有头脑的是人。甚至艾滋病毒选择的传播途径，也是很节制的。它不像感冒是呼吸道飞沫感染，一个病人打的喷嚏，可以使一个礼堂的人患病。还有从消化道传染的伤寒，一位病菌携带者的粪便污染了水源，就会使河流下游无数的人遭难。

艾滋病毒要讲道理得多，它只通过人类最亲密的性关系为自己寻找同盟。有句古话叫作"同甘共苦"，它身体力行这一规则。既然共同走进极乐，也共同堕入深渊。至今除了母婴之间的垂直传递和输入不洁血液制品招致的感染，属于虐杀无辜以外，一般都是事出有因的。

科学家沉思着，目光透过玻璃窗，俯瞰着巨大的城市。

人类为自己的放纵招致了惩罚。也许艾滋病毒是一只上帝之手，借以警告人类自尊自爱。他自言自语。

人类是否能战胜艾滋？我问。

不知道。

他徐徐地说。人类曾经遭遇过许多灭顶之灾，有些我们已经战胜，历史记载着人类的骄傲，比如鼠疫和天花，霍乱和结核。有些我们正在进行艰苦卓绝的努力，天边也已依稀透出微茫的曙光，比如癌症……

但依我个人保守的估计，从现在开始到本世纪末，艾滋病是不可战胜的。所有已经发病的人，从拿到诊断书的那一天起，就等于乘上了一条通向死亡的长长的传送带。不管怎样挣扎反抗，传送带依旧向前，稳定地载着他们，送往墓地……

真是一幅可怕的图景！

我恨不得将眼睛闭上把耳朵堵起来，但只有正视灾难才是唯一的选择。

人类最终能否战胜艾滋病毒？

我的语气强调"最终"二字。

最终……最终……

科学家喃喃地重复着，脸上突然显出和他一直侃侃而谈有异的迷茫神色。

他站起身，沿着高大的实验台和标本架走动着，仿佛在寻找什么。我以为他累了，毕竟是年近古稀的人了。

当他从林立的柜子走出来时，手里托着一颗色泽黢黑表面粗糙椭圆状恍若水雷的物体。

这是恐龙蛋化石，它大约生活在六千万年以前。不等我发问，科学家宣布。

可以摸摸它么？我小心翼翼地说。

当然可以。科学家批准。

我的手指战战兢兢触到这位远古的孑遗，它外壳温热，局部有着大理石般的细腻。我突然感到一种轻微但是确切无疑的跳动，在我的指端下有节律地碰撞着。

啊，它还是活的啊！我失声惊叫起来。

科学家安宁地说，那只是因为你紧张，感觉到了自己指尖的脉动。这一枚恐龙蛋，不但现在不可能生存，就是在六千五百万年以前，它也从来没有生存过。

我说，您是说，它是一枚没有受过精的蛋，不可能孵化出小恐龙吗？

科学家说，你说得也对也不对。它是一枚受过精的恐龙蛋，但它不可能孵化出小恐龙。当时不行，永远不行。

为什么呢？我大不解，亮起胆子，用力敲了敲卧在桌子上的恐龙蛋，它反弹出沉闷低哑的回声，好像在抗议这严厉的评判。

科学家眺望远方，冷峻地说，它的父母有病。它是一枚先天发育不良的废蛋。根据研究，在白垩纪晚期，恐龙大规模患病。从现代发掘到当时留存的恐龙蛋化石来看，它们似乎同患一种莫名其妙但是致命的重症。一窝蛋，百分之九十五的蛋都孵不出小恐龙，臭在那里，烂在那里……任何人都可以计算得出来，一个物种以这个速度递减下去，它们的命运注定非常悲惨。

科学家结束了他的话，实验室里是可怕的沉默。

许久，我问，恐龙患的是一种什么样的疾病呢？

不知道。科学家说。

在科学世界里，未知的领域是太浩大了。也许，那就是恐龙的艾滋病吧。科学家轻轻地补充道。

这一瞬，我感到了真正的恐怖。恐龙曾经是这颗蔚蓝色的星球上，最雄伟最霸道最强健最智慧的生物。它们占据了海洋和天空，傲视天下群雄。它们无与伦比的身姿，是当时生命进化最完美的体现，它们力大无比骁勇异常……

可是，它们永远地灭绝了。也许只是因为一种要在显微镜下才可以看到的微不足道的病毒！

告辞的时候，科学家说，我的话只是一家之言，关于艾滋，关于恐龙，还有很多学说，兼容并蓄。

我除了说谢谢，面对他睿智的眼睛，一时竟想不出话来概括我的感受。

走在温暖熙攘人声鼎沸的大街上，我的心还是久久地冰冷着。

遥望天际，我想，假如恐龙妈妈会说话，面对着一百个当中只能生存五个的孩子，在滴下巨大的成分复杂的泪珠时，一定会有无数告诫传给后人。

化腐朽为安宁

我对死亡感兴趣。原因小部分来自天性中的胆怯，大部分来自从事医学二十多年的经历。行医时光，几乎天天碰撞死亡，它是令人震撼又不可回避的老友。

在传统或先锋的摄影里，死亡都被可疑地忽视了。不知摄影师们有意还是无意冷落死亡，仿佛那是个微不足道的家伙，可以漠视它的存在。人的一生犹如长河，出生、童年、成长、结婚、生育、事业……所有码头事无巨细都一一被照相机关照，唯有入海口的情形，那卷底片好像被锐物洞穿，遗下一个透明窟窿。

有人会反驳，那么多反映死亡的照片曝光于世啊。比如春节贴出的公告，印有携带烟花爆竹而炸裂的断肢残骸，让人魂飞魄散。比如电视里播出的战乱、飓风、火山、水患和交通肇事图片，罹难人群的尸体，在黑色塑胶罩下朦胧起伏，这不都是摄影记录下的新鲜死亡吗？

我要说的不是这种死亡，那是暴死、惨死、屈死、恶死，是飞来横祸，是死于非命……是变了形的丑化了的涂满骇人油彩的非正常死亡，是葱绿大树上的一段枯萎枝杈。正常的死亡犹如宏大典籍，上述死法只算虫蠹残章。如果一叶障目，认定这就是死亡的全貌，实是以偏概全，暴殄天物。死亡如若有知，会对这种强加于它的定位，表示强烈的不安和抗议。

心目中的正常死亡，是水到渠成温柔淡定的熄灭，是生命自然而然的脱落与销声匿迹，是一种宽广宁静的平稳终结状态，是灵魂统领下的智慧超拔与勇气升华。

死亡是生命峰巅的凌空一跃，是个体最后的成长过程，是一个简明扼要的告别，是一曲袅袅余音的震荡。死亡虽然经常和鲜血与不洁黏连在一起，它的实质却是神圣朴素的。它响亮而明快地宣告，月亮下山了，黎明正在孕育。它是人类社会不倦的清道夫，新陈代谢不请自来的高超产婆。

死亡对于失去亲人的个体来说，自然悲痛欲绝。但摄影者站在整个人类的立场上，表现这一生命的主题，可以超越一己的藩篱。人们兴致勃勃地表现新生，表现婴儿稚嫩的肌肤和母亲的笑容，表现萌发的绿叶和解冻的冰河，为什么就不能更达观更美好地展示与这一切唇齿相依的死亡呢？

我们惧怕死亡。

那些必然要到来的事物，那些合理的事物，那些对全局有好处的事物，那些蕴含着真理颗粒的事物，不应成为惧怕的理由。

我们是踏着先人骨殖堆积的原野，来到这个世界上来的。据说，在每一个活着的今人背后，都挺立着四十具以上的白骨。它是自有人类以来，在这颗星球上生存并逝去的祖先。设想它们都健在，大地将多么拥挤，食物将多么匮乏，风将多么滞重，水将多么黏稠……所有生物都被挤成剪纸。感谢死亡，它如筛网，过滤优选了生灵的种子，以生机盎然的新锐代替了蹒跚钝化的老迈。对这种除旧布新的壮举，即使不为之欢呼雀跃，起码也不应无限悲哀地渲染恐怖吧？进化犹如

婚后的新娘

潮汐，不可抗拒地为后代冲刷出立足和发展的辽阔海滩。从这个角度讲，死亡是天经地义含情脉脉的圣手，为什么不能庄严优美地展示它的合理性呢？

惧怕或许有心理遗传的基因。在科学不发达的古代，死亡是凄惨的重创，与瘟疫、灾患、血与火缠绕在一起，狰狞可怖。靠拢死亡之人，常常会给生存者带来灾变。于是，各个民族的习俗与禁忌中，都躲避死亡。死亡与黑暗、丑陋、腐败形影不离，人一死，就成为异类，生前的种种善相都化为乌有，转瞬获得了可怕的魔法。

由于科技的进步和文明的发展，使得近几十年内，人们越来越多地可以在平凡中享受正常死亡。死亡由于非正常死亡所强加在自己头顶的黑色面纱，正被一缕缕撕开，露出它庄重自在的法相。

也许单单无所畏惧，还不能准确地反映死亡，摄影师也面临心灵的挑战。死，毕竟是一道铁幕，咫尺天涯，普通人难以穿越。我们周围，很难找到这样既司空见惯又讳莫如深的事件。我们既挚爱逝去的亲人，又痛彻心扉地抗拒对永诀的如实记录。既坚守在亲人身旁，又再也不愿回顾那一段岁月。死亡像一道盛大的晚餐，我们因无法事先品尝它的滋味，而充满好奇；又本能地躲避烹制它的厨房，尽量推迟赴宴的时间。我们不懈地追求一生形象美好，又无师自通地恐惧身后丑陋无比……关于死亡，我们有那么多鱼龙混杂针锋相对的想法，犹如黑白荆棘织就的毡毯，覆盖着战栗的灵魂。

只要不是死于烈性传染病、战伤、交通事故，以及昏迷，即使是癌症病人，大致也可清醒地告别人间，经过临终关怀走向安详的永恒。在现代医学卓有成效的帮助下，疼痛可以稀释，恐惧能够淡化。医院的洁白和家的安宁，尤其是亲人间的温馨，应是环绕正常死亡的基本色调。

渴望能有博爱地反映死亡的摄影作品，基调是生命的必然和人间的宽广包容。希望有淳厚的爱意弥漫在漫长人生的隐没处，犹如晨间的炊烟和山峦起伏的雾岚，清澈缥缈，如梦如水。

拍摄的难度大概很大吧？我完全不懂技术，盲人说象。一想到能把死亡拍得优美，拍出融融的暖气，觉得神往又几乎以为是幻觉。摄影家聪慧卓越，大约总是有法子可想的。他们的手，既然能把枯萎的残荷、焦躁的沙漠、狰狞的古树、暴烈的野兽、古旧的村落、残破的废墟、淋漓的血汗、骇人的风暴……都点石成金，拍出饱满诗意，对人生终得一晤的——死亡，也一定能拍出好的创新吧。

看过弘一法师涅槃的照片，摄于 1942 年 10 月 14 日。法师一手抚于耳畔，恍若安睡。布履木床，宛如卧佛。我们不是高僧，辞世时无法人人这般从容，但法师之死展示的清宁境界，却是一种我们可以追寻的完美终结。

想象中有这样一幅照片，一位须发皆白的长者，即将仙逝。他目光炯炯，正是阳气出离本体，驾鹤远行之机。他面容安详，因为已无愧无悔地度过坦荡一生。窗外月色凄迷，犹如一袭倚天长绢披挂寰宇，肃穆清凉。所有的医疗器械都已在背景中虚化，因为人的力量不可抗拒自然的法则。老人嘴角有隐约的笑意，去往天国的路并不生疏，有先行的伴侣度他飞升……

如此想看到关于正常死亡的优美摄影作品，不知是否偏题？怪题？难题？祥和安宁的死亡，化腐朽为安宁，是对死者的殷殷远送，是对生者的款款慰藉。是对生命的大悲悯，是对造化的大敬重。

期望着。

让死亡回归家庭

美国新奥尔良临终关怀医院的布朗女士，有着成熟的山西大枣样的肤色，眼睛也是大而棕的，一种湿润的温和蕴藏在里面，让人一见之下，就感到可以依傍。

依傍感是一种奇怪的东西。男人给人的可依傍感，通常来自高大的体态和宽阔的肩膀。一个柔和的女性，在完全不具备强壮体魄时，也一举让人感到深刻的信赖，这是眼神的魅力。

她的眼神有一点神秘，一点哀伤，更多的是宁静和清凉。她告诉我，以前从事一份普通的职业。因为父亲去世时得到了临终关怀医院的照料，父亲走后，就加入到这个行列之中。

我到过国内的临终关怀医院，那里有很多密闭的小屋和淡蓝的窗纱。在新奥尔良，我以为也会看到这些，但是，没有。临终关怀医院完全是一所办公机构的模样，明亮的灯光，闪动的电脑，彩印的宣传资料……没有白色的大衣，没有药品的味道。

墙上挂着一幅巨大的新奥尔良城区全图。很多红色的圈点，使这张图有了某种战争的气息，好像到处潜藏着特殊的碉堡。

谈话从斑点开始。

我问，这是什么？

布朗女士说，那些明显的圆环，是有急救能力医院的位置。那些微小的点，是我们目前负责的临终关怀病人。

我问，医生呢？为什么看不到他们？

布朗女士说，医生都到病人那里去了。他们按照地图上面分布的区域，各自负责照料若干病人，一大早，八点三十分，就去巡诊了。挨家挨户地转，要花费很多时间。所以，这个机构里，是很少看得到医生的。

我们是为生命晚期的病人服务的。评价病人疼痛程度的工作，就由五位医学博士专门负责。教会病人把疼痛的程度分为十分，确切地描述自己的疼痛，以取得适量的药物，达到基本上无痛。还有资深的护士，走访病人家庭，为病人提供止痛服务。有专业人员指导病人的家属怎样给病人洗澡漱口，并有宗教人士提供帮助。除此以外，还有两百多名义工，提供帮助病人到商店买东西、晒晒太阳，或是理发等服务。

我问，什么人才能住进这个医院呢？

话一出口，我就意识到这个问题不准确。没有病人住在这里。

布朗女士说，我们的口号是让死亡回归家庭。衰老后的死亡是一件很正常的事情。人们并不觉得成熟的麦子变得枯黄，然后倒伏在地，是多么恐怖和不可思议的事情。那是大自然的必然。旧的麦秸不回归土地，就没有新的麦株的繁荣。在 20 世纪以前，人的死亡是司空见惯的事情。孩子们从很小的时候，就看见和体验到生命的消失，他们会认为那是很正常的事情，是世界一个必需和不可避免的环节。但是，21 世纪以来，由于技术的进步和医学的发达，人们把死亡的地点，由传统的家庭转移到了陌生的医院。死亡被排除出视野，死亡被人为地隔绝了。一位老人，哪怕他从来没有进过医院，哪怕他再三表明自己要死在家里，却没有人理睬他。人们渐渐认为只有死在医院里才是正常的，才算尽到了责任。如果谁死在了家里，舆论会认为他没有得到良好的照料。

现代化剥夺了人死在自己熟悉的安全的家里的权利。现在，是回归的时候了。让死亡回归家庭，让濒临死亡的人，享有最后的安宁与尊严。他们将在自己的家里和亲人的包绕之下，平静地远行。我们奉行的观念是——不必抢救死亡。死亡是不应该进行抢救的。因为死亡并不是一种失败。既不是医生的失败，也不是病人的失败。让病人安详舒适地死去，正是医生神圣的责任所在。我们的座右铭是——"尊严地死去"。这包括他是怎样洁净地来到这个世界上，他也要怎样洁净地离开这个世界。我所说的洁净，并不仅仅指的是尘土和污垢，而是指在死者的身上，不要遗留有人工的化学的放射的等强加给他的痕迹。常常有这种现象，医院里，人已经去世了，他的身上还插着很多条管子，输液的、输氧的……还有放射和电击的痕迹。那是很不人道的。

我们的医生每周每人出诊二十八次，很辛苦。每人最多照顾七个病人。因为如果照看的病人太多了，对医生的压力就太大了。当医生发出病人垂危的判断之后，我们的护士就会二十四小时守候在病人的身旁，为他提供必要的服务。当然，也对病人的家属提供有效的支援，陪伴他们一道渡过生命中的难关。

1978年，路易斯安那州首创了此种类型的临终关怀医院。除了止痛治疗之外，并不施行额外的延长病人生命机能的医学方面的治疗。现在新奥尔良共有十五所这样的临终关怀医院，共帮助了二十五万死者在家中从容地离去。

我问，那么谁来决定一个人什么时刻可以进入这个医院？

布朗女士说：那要由医生开证明，证明病人的生命已不足六个月时，才可以在我们这里登记入住，因为服务费用是由州政府的医疗保险计划支付。

我问，那有没有医生的判断出了某种偏差，病人在半年以后依然生存的？

布朗女士说，有。那就要由医生重新做出评估，才可享受这种服务。

我们正谈着，一位名叫索菲的护士出诊回来了。她神采飞扬，精神抖擞，并没有丝毫我想象中的疲惫和倦怠。

索菲告诉我们，她从事这个工作已经三年多了。当医生发出病人的生命有可能在二十四小时内终止的时候，索菲就抵达病人家中，和他的亲人一道守候在他的身旁，一直陪伴到病人最后的呼吸。

我问索菲，你大约看到了多少位临终的病人？

索菲很认真地想了想，然后很抱歉地说，真的记不得了。大约，总有几百位了吧。

我便对面前的索菲肃然起敬，也有一点隐隐的畏惧。我看着她的手，心想，不得了，这双手送走过无数的人，也许具有一种非凡的魔力吧。临走的时候，我一定要好好地握握她的手。

我问索菲，你害怕吗？比如在漆黑的夜里？风雨交加时？

索菲说，不害怕。我以前就是一个护士。我喜欢帮助别人，我现在从事的这种工作，让我有很大的成就感。其实，人们害怕死亡，是很没道理的事情。死亡是一件积极和充满神秘的事情。它是我们每个人的最后归宿。对一个正常的事件害怕，这才是不正常的事呢。

守住你守住星星

我说，索菲，临终的病人通常会对你说什么话吗？

索菲陷入了思索，说，他们通常是不说什么话的。之前，他们会对我致以谢意。最后，有时会留下一些莫名其妙的话，我猜那是他们看到了一些只属于死亡的画面。比如，我刚送走了一位病人，他最后说的话是：来了一辆金马车……

我说，你近日还有可能要在二十四小时内垂危的病人吗？

索菲说，有啊。

我说，如果方便，我能去看看他或她吗？

我并非有什么窥见死亡的嗜好，而是很想把更多更具体的所见所闻带回我的祖国。

索菲毫不犹豫地说，那不可能的。死亡是一件很隐私的事情，在没有得到垂危者和他的家属的同意之前，我没有权利把陌生人带到他的身边。虽然他可能是完全昏迷了，什么也感受不到了，但仍要尊重他。

我点点头。这一点就让我学习到了很多。

布朗女士最后同我谈到了死亡之后，对死者家属的支持。

我们会在十三个月内同死者的家属保持密切的联系。我们会通过各种信息，将最近有亲人亡故的人，组织到一起，成立一个小组。假如是把因同样的病症，比如都是因癌症而故去的人的亲属，组成小组，效果会更好。我们的社会工作者每隔三个月就同逝者家属有一次谈话，体察他们的哀思，提供尽可能的帮助。十三个月之后，就改成每年一次随访。

我忍不住问道，为什么是十三个月，而不是十二个月或十四个月呢？

布朗女士说，因为亲人逝去周年和其后的一些日子，对逝者家属来说，是非常伤感的时刻。在这个时候提供必要的援助，非常重要。那种情绪的波动和孤苦的感觉，在逝者周年时将达到顶峰。同样的季节，同样的景色，都会强烈地触景生情。这是一个充满危机的时间段。如果能有人陪伴着，会好很多。

　　我立刻想起父亲逝去的日子，正是深秋，那种刻骨铭心的冷啊！从此，漫长的岁月里，每一个秋天都比冬天更寒凉。那时，我多么渴望有这样关切的眼神，对痛彻骨髓的哀伤轻轻抚摸。

　　布朗女士说，不知道中国是怎样照料临终人士的？如果有可能，我愿意到中国去，无偿地义务地帮助中国的临终者。

　　我向她表示最诚挚的谢意。

　　让死亡回归家庭的理念，让人激荡。

　　我们原来是死在家里的。后来，由于科学的昌明，我们把死亡搬到了医院里。于是人类最后的温热眷恋，在雪白的抢救帷幕的包裹中，被轻易地剥夺了，遗留下另一种现代的残忍。

　　死亡再次回归家庭的时候，不是简单地复古和重复，而是对人类自身更多的珍爱和体恤。死亡回归家庭，是对逝者的福音，是对生者的挑战。它意味着需要更艰巨的工作，更庄严的承诺，更严谨的责任和更充沛的勇气。

　　告辞的时候，我紧紧地握了握索菲女士的手。她的手很软，很小，根本没有想象中力拔山河的力度。但我确知，曾有无尽的温暖，从这双柔若无骨的手中，流向另一个世界。

那不是我想要的
彼岸

高 楼 大 厦 车 水 马 龙，

不 夜 的 霓 虹 灯 和 袒 胸 露 背 的 华 衣 ……

这些和寂静的山村简朴的民俗实在是天壤之别。

人在震惊之后，很容易滋生出渺小和自卑的心理。

能以平和之心对抗陌生的繁华，是一种再造的定力，

而 非 人 的 本 性 轻 易 可 以 到 达 的 高 度。

　　我跟保安的会面主要在小区的一出一进当中。看着那些年轻的面庞，我常常想，他们以前是做什么的呢？在进入城市之前，在穿上保安的制服之前，他们是什么人呢？蝴蝶是毛虫变的，蚊子是孑孓变的，青蛙是蝌蚪变的，保安是谁变的？

　　和一些保安聊过天，他们都很谨慎，从不多说什么，至多只讲自己家在农村，上过或是初中或是小学，好像上过高中的不是很多，基本上是招工来的。用人单位的代表到了乡里，说有到北京干活的机会，需怎样的条件，谁愿意去？于是年轻人纷纷应征。有的是亲戚朋友介绍来的，滚雪球一般。总之，保安基本上来自农村。

　　一个农村的小伙子，冷不丁来到了繁华的大都市，他们的心地会发生怎样的变化呢？我没看到过针对保安的相关研究，设想一下，可能会有这样几种可能吧。

　　一是惊讶。高楼大厦车水马龙，不夜的霓虹灯和袒胸露背的华衣……这些和寂静的山村简朴的民俗实在是天壤之别。人在震惊之后，很容易滋生出渺小和自卑的心理。能以平和之心对抗陌生的繁华，是一种再造的定力，而非人的本性轻易可以到达的高度。

　　一天，我在西客站附近上了公共汽车，一位老者也上了车，因这周围有家医院，他佝偻着腰，几乎可以断定他有病。从他迅速扫视四周的眼神又可以觉出他的病并不是很重。他走到一位看守着行李的小伙子面前，很果断地说，你站起来。那个小伙子不知何故，带着乡下人的服从和退缩马上站了起来。老者很利落地坐在了小伙子的位置上，然后说，给老年人让座是应该的，进了城，以后学着点儿。那小伙子愣愣地、冷冷地站着，一言不发，让人无法猜测他的心事。

我看不过，就挤过去，对那位老人家说，他给你让座是应该的，可你也该说声谢谢啊，这也是应该的啊。说完之后，我就直勾勾地盯着他，表示自己的坚持。那位老人很不甘心，见周围也有人用目光支持我，才很不情愿地说了声，谢……

小伙子还是愣愣地站着，毫无表情。我不知道这个小伙子以后会不会变成保安，即使不是真正在册的正规保安，也许会摇身一变成了黑保安，看他那漠然的神情和高大的身板，这可能性还真不小。

曾经传得沸沸扬扬的"凶桥"的故事，说的是在北京健翔桥附近有一座过街天桥发生抢劫案，劫匪穷凶极恶，抢了钱还不说，临走时还在血肉模糊的事主腿上又刺了几刀，防着被害人爬起来追赶或报案。公安辛苦破案，最后查出凶手原来是附近灯具店的黑保安。

又是保安！不管是黑是白，这几年，听到的保安打砸抢的案子，实在是不少了，还有屡屡发生的监守自盗。"保安"那在人们心中原本趋向暗淡的形象，如今干脆抹上了血痕。

扯远了，回到刚才的话题。于是在想，青年农民进了城，穿上保安的衣服，他们就真的变成了负有庄严使命的保安了吗？谁来帮助他们完成这个巨大的转变？不单是要训练他们走正步、敬礼和纠察、服从，更要教会他们敬业和尊重、忠诚和勇敢。

比如那个被迫让座的小伙子，我敢说城市给他的第一课肯定是不愉快的。凭什么我的座位要让给你？凭什么你坐了我的座连个谢谢也不说？凭什么城里人就可以指令乡下人？

我在报道中看到寻求保安杀人越货的动机时，总有一条是说这些年轻人一旦进入城市就会产生不平衡的心理，然后想找一条快速发财出人头地的路子。于是，抢劫偷盗就成了享乐的捷径。

原来那关键是不平衡。这就是变化的第二条。是啊，退一万步讲，同样是人，为什么你降生在城市，我就在农村？为什么你锦衣玉食，我却要风餐露宿？为什么你坐享其成，我却要白手起家？这一连串的问号如乌鸦盘旋在年轻的心的上空，如果没有疏导和讨论，那一时的偏颇就可能酿出滔天的惨祸。

不错，人间是有很多不平，这不平是与生俱来的，几乎是一种命定。我指出这一点，不是取消你的奋斗，而是请你的奋斗站在坚实的基础上。你不可以犯法，你不可以靠伤害他人以达到自己的目的。你不可以将道德和传统只维持在一个狭小的圈子里。比如在你的小村庄，你知情达理，是个好孩子，一旦到了城市的汪洋大海，你觉得什么人都不认识你了，你不必为口碑负责，你就可以空前地放肆起来。

我认识一个乡村的女孩，她品行方正。到了城市不久，她就觉得当保姆挣钱太辛苦、太慢了，她要去当小姐。我说，你知道这小姐不是戏文里知书达礼带着丫鬟的小姐，是有很多下流的东西在里面的。女孩说，阿姨，我都知道，可这又怎么样？就是下流了，也没有一个人认识我。我回家去，照样是一流的，起码也是个中上流吧。

我无言。淳朴的乡村以古老的方式约束着的道德，一旦脱离了那个环境，就变得如同出土的丝绸，在一个极短暂的时间还能保持着绚烂，然而很快就褪色而灰飞烟灭了。因此，我对那些沙哑着嗓子颂扬乡村的歌唱始终心存疑虑，怕那只是理想中的眷恋，而非真正意义上

的向往。

一日，我和朋友约了在街头见面，为了醒目，地点就选在了一家银行大厦的前面。随着年龄渐长，我越来越像个没出过门的老太太，凡是同人约定的事，总要早早地上路，生怕晚了。北京这地方，堵起车来，谁都没有办法，无论你打出多少时间的富余，还是要迟到。若是顺利了，简直就提前到不可思议的地步。那一天，恰好是后面一种情况。我百无聊赖地流连在碧绿色的玻璃幕墙边，像个准备打劫银行的匪徒踱来踱去，这毫无疑问引来了一位年轻保安的询问。我如实禀告。他笑起来说，你和我妈有点儿像，她要是哪天出门，早早地就上路了，有时会提前好几个钟点就到了。

我问，你妈妈现在在哪里呢？

聊天就这样开始了。他告诉我，他来自陕西的一个小村子，说他老妈以前是从来不看《新闻联播》的，因为那正是家中刷锅洗碗、喂猪的时间，老妈在灶台边忙得昏天黑地。可自从儿子到北京当了保安，老妈就雷打不动地开始看新闻了。老爹说，你不就着灶膛还是温和的，把猪食熬了，还关心什么国家大事？这都是老爷们儿的事，和你无关。老妈坐在小凳子上一动不动看着屏幕，说，我不是关心国家大事，我是关心我的儿子。他在北京做保安，新闻里播北京的事多，也许我会看到儿子。老爸说，哪儿有那么巧？就是有了，我叫你就是，你该干什么就干什么吧。老妈说，电视上如果有了儿子的影儿，那也是领导坐着车从他站岗的地方一晃就过去了，哪里等得及你叫我？还是我自己守着吧。

小伙子告诉我，他的父母就这样一直守着电视机，等着他在屏幕上以一个保安的姿态出现。他告诉过他们，自己穿上保安的衣服威风凛凛。

其实保安这一行是很无聊的，天天守着一个地方，最初的新鲜劲儿过去之后，再好的风景也会看腻。以后年岁大了，不能老做保安啊，要有一技之长啊。可我的一技之长在哪里？雇你的人是不会想这些的，可你自己会想，几乎每天都在想，但光想又有什么用呢？要有行动。可我的行动目标在哪里呢？不知道。

我看到面前的小伙子眼神里露出散淡的光，完全没有焦点。正在这时，我的朋友来了，我就离开了这位年轻的保安，但他的目光让我久久难忘。我想，这就是保安进入城市之后面临的第三个挑战了，那就是——茫然。

惊讶、不平衡和茫然，这三点变化带来的震动，其实也完全能从正面来解读。人为什么会惊奇？是因为我们离开了熟悉的环境，面临未曾有过的机遇和多种崭新的可能性。人为什么会不平衡？因为早先的稳定被打破了，一种变化的种子已经悄然发芽。当然了，不是每一粒种子都能开花，但播下种子就比荒芜的旷野强过百倍。面对不平衡，不怨天尤人，不妄自菲薄，沉下心来，细分短长，以自身的努力来补上命运的差异。至于说到茫然，我甚至以为，适当的茫然不单是一种可以接纳的阶段，而且几乎是年轻人的特权。你有权茫然，但是不可以茫然太久，太久的茫然就是思索的懒惰和行动的放弃。茫然的前提是要有向前一步寻找的动力，你须把茫然化作一种探寻的勇敢。茫然如同糯米，只有开阔的视野和不懈的学习，才能如同适宜的温度，将茫然的酒曲发酵成醇厚的甜酒。

你很难想象，在当今城市中有一位白发苍苍的保安在执行任务，保安已经从传统的打更老大爷或高尚别墅的女管家，变成了如今朝气蓬勃的年轻人的事业。无数青涩的果子将在这个行业中缓缓成熟，散发出活力的芳香和丰收的光彩。

毒不死
的城里人

最近几个月来，吃过最美味的一餐饭，是在乡间的小山村。正午时，背靠着池塘，秫秸搭成的简易凉棚下，主人端上自家种的玉米和土豆，还有刚刚从水中打捞起的半尺长的鱼，在炭火上烤熟。

那鱼从中间剖开，平铺在黯哑的火焰上，一条好像变成了两条。浑身披挂盐霜，硬而微黄，好似生了薄锈的盔甲。吃到嘴里，鱼刺和鱼肉都是干脆而火爆的，咯哧咯哧，似嚼着一袭土色的蓑衣。

我问主人，用了什么调料呢？

老大爷噙着旱烟嘴，含混地回答："盐。"

盐是不消说的，看得见，而且，无所不在的咸。我说："还有呢？"

主人吐出一口烟雾，清晰地答："没有了。"

我不相信地反问："没有花椒大料？没有豆豉辣椒？没有蚝油香叶？没有……"

主人打断我："你说的那些，都没有。光是盐。"

我说："今天才知道，盐是这样好吃啊。"

主人就笑了，说："你这个人啊，整差了。盐并不好吃，好吃的是我们给自己预备的这些个出产。乾隆年间老辈子怎么着种，咱现在还是怎么着种。"

我反驳道："乾隆年间老辈子好像没有这种甜糯玉米。"

老人笑笑说："你这个人还好较真。种子是没这会儿的好，我说的是种法。我们给自己吃的东西，用的是土法，没有化肥，没有农药，更没有激素。"

说到这里，他沧桑的脸上露出一点点不怀好意的浅笑，说："有件事，我一直整不明白，总想找个不见怪、不爱生气的城里人打听打听。"

我说："您打听吧，我不见怪也不生气。"

老人家清了清嗓子，以表明他将要询问的题目是多么不同寻常。在咽下了几大口唾沫之后，他说："我们在庄稼和菜叶上，用了那么多化肥和农药，眼看着活蹦乱跳的虫子眨眼间就扑啦啦死了一地，可你们城里人一年到头吃的就是这种粮食和菜，怎么到如今还没有被药死呢？"

他原本就有地方口音，因为踌躇加之不好意思，让方言味变得更加浓厚。"药死"这个词，在他的发音里，说成"约死"。

我听懂了他的话，一时不知如何回答是好。第一个反应是为自己吞下那么多的农药和化肥加激素却"约而不死"，依然活蹦乱跳地大吃东西而深感惭愧。仿佛某人喝了一肚子污水、咽下含有痢疾杆菌的腐肉，还若无其事，近乎妖精。

我说："抱歉啊，我也不知道自己至今为什么还没有被'约死'……"

在一旁偷听我们对话的一个小伙子，挺身而出解了我的围。

他说："早年间，有一个广告，唱的是'我们是害虫，我们是害虫……'记得吗？"

"记得记得！"我们说。

小伙子接着讲："人就像害虫。打了农药，有些人生了癌症等恶病死了，有的就产生了抗药性，不死。你们这些不死的人，就像活下来的害虫，有了抗体，反倒更坚强了。"

周围的人偷听到我们的话，七嘴八舌道："是啊，是这样。你看蟑螂，你看老鼠，不是一直被各种药饵毒杀吗？绝了吗？没有！越杀越多。城里人也跟它们似的，毒不死的。"

我拿捏不准自己作为城里人的一员，在农药和化肥的围攻浸淫中，至今还活着，是该自豪还是该悲哀呢？

"我们从来不吃给城里人准备的东西。我们把给自己吃的东西和卖给城里人的东西，分成两地块，绝不掺和。今天给你们吃的，就是平日留给俺们自己吃的东西。"老人家非常热情地说。

我望着他善良而沧桑的脸，不由自主地点头。我搞不清这点头到底是什么意思——是对他好客的褒奖感激？还是拿不准自己如果是农人，也会加入"看人下菜碟"的大军？抑或听天由命地深刻无助？

惘然。

泾渭分明地把种粮的人和吃粮的人，齐刷刷分开，给自己留下清洁的食品，然后用慢性毒药去"约"他人，这是生存的智慧还是蓄意的谋杀？

我不敢生出责备老人的意思，倘若自己是农人，很可能也出此下策。面对现今中国的普遍现象，无奈，只得寄希望能变成杀不死的青虫。

前两天看报纸，中国的城镇人口已经达到了百分之六十二以上。可否这样说：大部分中国人现在吃的食品，其实是那少部分人不喜欢吃，不屑于吃，也不敢吃的。

想起"己所不欲，勿施于人"的古训。那是儒家思想的精华，也曾是中华民族根深蒂固的信条。现今在"吃"这个天大的问题上，美德尽失。

分手的时候，老人很开心地告诉我们，他的一双孙儿女，都考上了大学，以后要成为城里人了。

商场绿林

　　第一次听说"山寨",是去商店买手机。左挑右选,不是式样不遂意,就是嫌价格太高。导购小姐撇嘴说,不如去买个"山寨机"算了。

　　当时只觉得"山寨机"这名字透出一股绿林之气,却不知其确切含义。回家后四处讨教,才知这"山寨货"已蔚然成风,举国都是山寨,星星之火已经燎原。

　　朋友向我详解了山寨手机、山寨电脑、山寨明星、山寨婚纱、山寨鸟巢、山寨春晚,等等。我目瞪口呆之后,上网去查。此词最具辞源学色彩的解释是——山寨也叫"山砦",就是古代的土碉堡。通俗点的说法是:山寨货就是拼装、组装或是改装。例如八个喇叭的"山寨手机"就是脱离管理加逃避税收的"私盐"之物。竹竿编的"山寨鸟巢"则是平民自娱自乐的草根模仿秀。而售价八百八十八元的"山寨版李嘉欣婚纱",干脆是彻头彻尾的假冒伪劣……

　　既然名为山寨,那就先要有一座山。这山若是梁山,那就要有一拨占山为王的汉子。聚啸山林的汉子们,一定要有头领。思忖那头目乃何许人也?

　　尝试着把山寨货分为两种。一种为"占山为王"型,第二种是"等待招安"型。

"占山为王"的"山寨货"：质量一般，价格便宜。通常打低价牌，因为不必付先期开发的费用，抢占市场摧枯拉朽。接受山寨货的人，爱的就是这份便宜。此等山寨货，披着人见人爱的亲民外衣。低廉的价格加上适当的设计，损失的只是开路的先驱者——也就是正版者的收益，贪小便宜的大众享受了便利，捂着钱包偷乐。山寨手机、山寨电脑，乃至山寨方便面和山寨洗发水都属于这个范畴。

"等待招安"却是另一种心态。他们借壳上市，"脱离专业设备，以自身素质加较少投入，做最彰显自我的事"，挂羊头卖狗肉是此类"山寨货"的立足点。山寨明星、山寨电视剧等可归入此范畴。他们梦想着以山寨的成就，有朝一日大摇大摆步入殿堂。恕我以小人之心度君子之腹，揣测这类山寨帮主设想的"招安"模式如下：现代正规制作模式下的产品，不论是文化创意产品还是物质流通产品，要打入市场，需要大量投入和成本。这其中不仅有大量的资金投入，更有难以比拟的精神含量和机遇。山寨货找到了一条"终南捷径"，这就是眼球经济。它用低成本成功地使自己"脱颖而出"，从而获得市场准入证，草根终有一天变成了金条。山寨里的宋江，朝思暮想着有朝一日"受招安"，收益从此不再"山寨"。

从这个意义上说，MSNSHELL 和珊瑚虫 QQ，都是"山寨软件"的老前辈。只是前者被成功招安，而后者则面临围剿后的失败。

山寨到处横行，蔚然成风。在产生一大批既得利益者的同时，也造就了一大批既损和待损利益者。

既得利益者，就不必多说了，自然是那些制造山寨货的绿林好汉们。无论是现在赚到手的真金白银，还是将来潜在的招安收益，都在向好汉们发出诱惑的光芒。既损利益者也比较好理解，那就是正版的享有者们。关于这些集团和个人，有无值得反思的地方，恕我暂不展开讨论。

我想说的是待损利益者。

他们是谁呢？就是现在享用山寨产品的人们。我相信有很多人不同意我的观点。他们会说，不，我们喜欢用山寨产品，它性价比高，让我在得到方便的同时，少花费银两。我明明是占了便宜，你为什么说我是待损利益者呢？山寨货的本质就是盗版。

盗版所用的技术和创意，属于那些真正付出了艰苦劳动与时间积累的物质和精神财富的拥有者。山寨货在某种意义上是顺手牵羊不劳而获。如果山寨货肆意横行，原创们就不再有动力开发新的产品，渐次委顿。假设更进一步，正版的创作者们一起罢了工，终结了创造性劳动，不惜玉石俱焚，让山寨货们从此无所依傍。那么，作为使用者的我们，在物美价廉地使用了最后一把的山寨货之后，就会再无可用之物。山寨货四野泛滥，原创者一蹶不振直至消亡，山寨货就扮演了"杀鸡取卵"的最后一刀。消费者们在吃了丰盛的炒鸡蛋，又吞了红油满锅的辣子鸡丁之后，面临的是断顿的风险。

有机无机冬瓜汤

到超市买肉。售货员乜了眼说，十几元一斤。我知道很多店都和国际接了轨，用公斤秤，赶忙把这钱数在心里除了二，觉得虽贵了些，还可忍受，就说，行啊，要这块。砍肉的小伙子很有经验，并不动手，说，一斤就是一斤，不是两斤。

我吓了一跳说，这么贵?

小伙子答，这是"有机"猪身上的肉。

我说，我要是不吃高级猪，只吃平常猪，哪里有卖?

小伙子拧着下巴说，那边有无机肉。

于是我知道了"有机"肉的反义词是"无机"肉，启蒙之下，一跺脚买了高贵和平凡的猪肉各一斤，回家后怀着花钱的痛心，乒乓一顿乱剁，搅成了两种不同身份的肉馅，又买来"有机"和"无机"的冬瓜各一块，前者的价钱是后者的十倍。最后用同样的锅和不同的水——矿泉水和自来水，氽成了两份冬瓜丸子汤。

那晚，我亲自掌勺，给家人不停地舀汤，并要大家仔细分辨有何不同。

家人大叫，如此猛灌，明早起来眼皮子都肿了。

我一脸神秘地说，喝出不同了吗?

大家说，第一碗淡点儿，第二碗咸点儿。

我说，这不算。那是搁盐的时候，手哆嗦了。

大家说，有什么阴谋就直接亮相吧，叫汤撑得够呛，想赶快散步去。

我冷峻地宣告第一碗汤的造价是第二碗的三倍。

大家连说不值。

我说，一碗"有机"，一碗"无机"。你喝了无机汤，就有可能受到污染，激素、抗生素、化肥，还有铅、镉、汞、砷等重金属蜂拥而上。你一天不觉得，一年不觉得，但十年几十年污染下去，你就会中毒，得癌症，基因受损遗传后代……

大家说，喝一碗"有机"汤并不难，难的是一直喝下去，一辈子喝下去。再说这"无机"和"有机"单凭舌头尝不出，如果有人硬把"无机"当"有机"，你有什么法子？再说，汤可以"有机"，空气你能"有机"吗？布料你能"有机"吗？房屋你能"有机"吗？如果你只"有机"了一个汤，也是杯水车薪啊！

家人散步走了，遗我一人瞅着汤钵发呆。

世上的食物原本都是"有机"的，随着科学的发达，人为干扰植物的生长，食物开始无机化了。人们刚为产量的提高和病虫害的减少而欢呼，旋而发觉这种食品不好吃，其中的药物残留对人体造成了损害。有人返璞归真，恢复用原始的方法生产食品。量少费工，于是高价，称作"有机"，小名"绿色"。如果你有钱，你可以买到用古老的方式生产出的安全食品，如果你少钱，就只好吃较坏的东西。当然有些农民也会专留一小块地不施化肥，种菜自吃，但这种保护毕竟有限。也就是说，有钱人能吃安全的食品，身体较少受到伤害，基因更多地得以保存，生命延续的时间就会较长，就能获得更多的遗传优势。如果你无钱或少钱，你就要吃别的无钱或少钱的人生产出来的有毒但产量高的食品，你的身体就受到了较大的伤害，状况不够良好，基因得以传递的可能性较小，生命也会比较短暂。

我们于是发现科学的某种意义——就在于提供了一种人为地选择较为优良基因的方式，让那些无力得到更多金钱的人较早灭亡。

我知道自己少钱，也知道自己的基因不配长久流传，但我还是很想在这个世界上多看看风景。思前想后，我现在有两个可供选择的方案。一是我努力加入吃绿色的行列。不是因为有钱，而是我破译了这个阴谋，奋起反抗，不让它得逞。我宁可不去旅游，不穿新衣不看球赛不用电脑，也要喝"有机"的冬瓜汤。又一想，代价是否值得？从原始人发展到今天，不就是为了众人享有更高的文明和更愉快的生活吗？

还剩下第二个方法，就是钱少的但是生产食物的我们，不再使用那些污染的物质，让大地上原本就生长着的绿色植物，再度繁茂起来。有机是正常的，无机是不正常的。我们不能把不正常搞得比正常还多，让正常成为一种稀缺资源。改变的力量就蕴含在我们的手掌之中。那样，不单富人的基因和享受得以保存，就是穷人也享有健康和长寿的自由，大地才会繁花似锦。

我们把水搞浑了，现在要喝一口干净的水就成了奢侈；我们把食物搞脏了，现在要吃一粒纯正的米就成了富贵；我们把空气搞浊了，现在要喘一口清爽的气就要到远方……当科技的某些手段成了毒杀之腕的时候，我们要清醒地自救。不单有钱人能够享受买来的"有机"，无钱的人更要凭着清醒的智慧，觉悟起来，不当自己的掘墓人，过安然的生活。

药　名

药也跟人似的，都有名。而且也有大名和小名、俗名和雅名之分。

比如我们最常用的维生素类，名字就起得好，顾名思义——维持生命的要素，叫人听着就心里踏实。具体细分下来，又按着 A、B、C、D 的顺序，排列出一个庞大的家族，透出科学来，由不得你不信。记得二十多年前我在喀喇昆仑山上当卫生员的时候，为加强战备，不但要求闭着眼能分出这些药片的差异，还得一张嘴就叫出它们所有的绰号，说出它们的产地剂型常用量……啰唆得很。一天测试，黑灯瞎火地给你一把药片，叫你猜。圆圆滑滑的小粒子，像煮熟的大麦一般相似，在手心渐渐发黏。我真的分辨不出这一片小扣子似的药片到底叫什么名字了，眼看就得受批评，年终的"五好战士"也怕评不上了。情急之中，狠命地吸了一口气。原想用高原并不充足的氧气把糊涂的脑筋喂得清醒一些，不料在冰冷如汁的空气中嗅到了一丝类似癞蛤蟆的气味……这种味道是独属于某种药的，我知道它是什么啦！是维生素 B1，又叫盐酸硫胺，上海出的，每片十毫克……我快活地喊叫答案，吓得一边监考的老医生说，就是猜不出来，也没有什么。真打起仗来，维生素一时半会儿的吃不上就吃不上好了，没啥了不起的，看把你急得脸都跟药片一样白了。

把我的心儿还我

维生素类药还有一个极好的音译的名字，叫维他命——维持他的生命。早些年叫得挺欢，后来不大有人提了，好像是反崇洋媚外给反掉了，挺可惜的。

我想当初药商给药起名字的时候，一定也费了不少心，又得好听又得顺嘴，下的功夫跟给婴儿起名似的。有些药名给人以安慰，给人以联想。比如说镇静安眠的药，就叫什么安定、安眠酮、速可眠……听着就让人打瞌睡，眼皮开始惺忪。

有的药名简直就是利用条件反射，还没吃药先给你一个良性信号，有没有疗效再说了，让你心理上得到满足。比如那些叫什么"××平""××康"的药，就是这一类。近来又发展到叫"×必平""×必康"，大有"文革"时统叫卫红、卫东的倾向，千篇一律的反而使人的信心有些动摇。

也许是为了矫枉过正，也许是物极必反，也许是有意反其道而行之更显出技高一筹，现在有的药名云山雾罩，简直就是化学结构分子式的和盘托出。从药名上，别说你普通老百姓了，就是多年的医生，不看说明也不知道它是治什么的。可这样的药，偏巧销路好。原来病这个东西，是有神秘性或者干脆就是有妖性的，中国人的潜意识里，觉得非有前所不知的法宝才能治得服它。这个法宝的名字就该拗口而莫名其妙。我见过大字不识的老人，竟把一个刚刚问世的洋药名嘟囔得滚瓜烂熟，非点名要此药不可。其实我学医时的老师告诉过我，一种病，若是新药层出不穷，倒是应该小心，因为证明恰好没有一种药是特效的。他说，你想呀，假如某种病有了药到病除的克星，药学家们还费劲研究新药干啥？有些药的副反应是要十年二十年才显露出来。比如二十世纪五六十年代，欧美的妇女为了治妊娠反应服一种镇呕吐的药，结果生下的孩子像海豚一样四肢短小。所以除了十分必须，还是用老药为好。

打开电视，什么广告最多？一是化妆品，二是酒，第三就是各类药品了。几乎所有的医生都对药品广告疾恶如仇。在某种新药广告播出的第二天，就会有病人走到你的诊台前，像叫老邻居的名字一般熟稔地唤出那个对你还显得陌生的药名，指名点姓地要你开出多少多少。你自然可以不开，自然可以解释，但结果往往是不愉快的。医生们便把愤怒倾泻在电视台，假如像以往漫长的岁月一样，药物躲在神秘的白帷幔后面，病人们不知道那么多稀奇古怪的药名，医生们岂不轻松惬意得多？

医生独自面对药名的时代已经一去不复返，民众分享药学的知识，是一种历史的进步。记得我当实习军医的时候，一个病人说他是鲁米那过敏，我记录在案。但一天值班的护士临时给了他几片苯巴比妥，他不知道其实那是一种药的不同名称，就像文人的字和号一样，指的是同一个人，那药吃不得的。护士的疏忽差点让他丧了命，过敏使浑身的皮肤大片地剥脱，像剥了皮的羊痛苦不堪。好不容易抢救回来，临出院的时候他说，医生你告诉我，这个可怕的药还有什么名字？大名小名俗名雅号你都说给我，我得记在心里，一辈子不能再错。

药既然是我们须臾不可离的朋友，我们还是对它多一点知识的好。生命对于人只有一次，药是一柄双锋的剑。不要把生命的把柄完全交到别人手里，无论我们多么地相信医生，我们最该相信的还是自己。

看别人的
报纸

脑子中最早有买报纸这个概念，是在幼儿园唱"啦啦啦，我是卖报的小行家"，却怎么也想不通报纸是如何叫卖的，因为平常见到的都是父母把报纸无偿拿回家——那都是发的。

自个儿买报纸始于"文化大革命"。那时候我住校，白天喇叭里广播了一个什么重要社论，第二天红卫兵就准得学习，必得人手一份。要是你没有报纸，就是觉悟不高，哪怕你是正宗红五类，也得狠狠批判一顿。所以买刊有社论的报纸，就成了我们生活中的大事。通常是几个相好的同学凑了钱，委派一个人去买。这回是你，下回是她，大家轮着来。也有学校里的革命组织统计了人数，一块儿给大伙买。可是那样比较慢，而且分到手里的报纸保不齐是又烂又脏的，叫人看着不舒心，所以我们还是自己去买的时候多。

我们学校那会儿在和平门，出了学校往南，不远就到琉璃厂了。一般在那儿就能买上当天的报纸。一次我受大家之托去买报纸，时间挺早的，不知怎么就卖没了。说是加印的报纸已经取去了，还没来。我问卖报纸的老头，你说我是跑回学校再来呀，还是就在这里死等呢？

那是端坐在街口的一个头顶锃亮的老爷爷，以后我一见到手艺很高的卖刀削面的老师傅，就想起他。

他说，姑娘，走什么走呢？你要是回去了，报纸来了，又卖完了，你再来也买不着，你不就犯了错误啦？等着吧！

我就在1966年暖暖的秋阳下等着刊有最新最高指示的社论的报纸。

他看我闲得发慌，就说，姑娘，这儿有新印的毛主席语录小画片，你买不买啊？

我说，毛主席语录都是当传单到处撒的，哪有要钱的呀！

他一下子窘了，嗫嚅地嘟囔，嗨，话是这么说，可这是荣宝斋的老人木刻水印的啊……

我不知道什么叫水印，就好奇地趴过去瞅。真的，我从未见过那么精致的毛主席语录卡片，构图清新淡雅，字体飘逸挺拔。我当时不知分寸地想，只怕毛主席他老人家自己也不能把他的语录写得这样好。

"我要了！我要了！"我忙不迭地大叫，挪用大伙买报的钱，买了一摞毛主席语录卡片。

等到报纸来了的时候，我的钱已经不够了。我正不知怎么办，老爷爷说，别急，姑娘。像这种重要的社论，都是日报登一回，晚报再登一回的。日报多少钱？每份四分，晚报多少钱？才二分！你晚上再买吧。要是这"文化大革命"搞上几年，你省下的钱可海了去啦。

后来我和我的同学，就专等着晚饭后上街买晚报。钱倒真是省了一半，只是很操心。因为晚报数有限，要是误了点，买不上晚报，娄子就大了。已经那么晚了，别的报纸全买不到了，连补救的机会都没有。所以我们把筷子一撂就上街买报，很长一段时间是晚报最忠实的读者。

只可惜那些美丽的毛主席语录卡片，在漫长的岁月中遗失。

后来当了兵，分我到藏北高原。海拔四千多米，一年只有半年通邮。整个秋冬大雪封山，我们像飘悬半空的孤岛。

解冻后，军邮车上高原的日子，会给我们带来成麻袋的家信。至于积攒的报纸，更像爆破后的页岩，层层叠叠地被从汽车大厢板上掀下来，恣肆汪洋地铺满半个操场。

军人们推着小推车去领各自单位的报纸，然后像分干粮一样，再让大家去抱回属于自己班排的一份。

报纸的分发极为粗糙。有一次，我解开我们班的那一捆，没想到上百张报纸统统是一样的。也就是说，我拿到的全部是同一天的报纸。

我找通信科去换，他们说，哎呀呀，都分到几十个边防站了，到哪里去找？好歹都是些旧闻，在广播里就听过了，凑合着看吧。

这倒是实情。报纸三个月才来一次，新闻对我们已毫无价值。看报纸更多的是一种惯性，不愿和山下的世界隔膜得太多。记得小时候看列宁的故事，知道流放中的革命导师，也是几个月才得到一次报纸。他老人家是把报纸按顺序订起来，每天只看一张，乐在其中。我依此办理，但只试了一次，就坚持不下去了。因为我是一个急性子，好不容易把报纸订了起来，看了一张还想看下一张，索性把报纸翻得哗哗响，一个下午就经历了世上几个月的风云。

有一天，看着看着报，我在报上发现了一个名叫"毕淑敏"的人写的诗。我漫不经心地看下去，因为我从来没有向报社投过稿，这毫无疑问是重名。我这个姓虽说少见，名字可是普及型的。

但是看下去我有点蒙，因为那确确实实是我写的诗。

　　我不知道这是怎么一回事，也没有什么人来向我解释这件事，甚至那张报纸随手就丢了，因为不是我投的稿，所以我在心目中也不承认它。

　　军邮车再一次上山的时候，给我带上报社寄来的一个小包裹，里面是一个采访记录本。那时候军报是没有稿费的，寄个本子以资鼓励。我用那个本从未写过文学作品，只是记满了生理解剖类的知识。我是一个挺好学的卫生员。

　　后来政治部的一个干事很郑重地告诉我：你的那首诗我仔细读了，里面充满了死亡和血腥的气息，不像一个女孩所作的。

　　我听不懂这话，但是我记住了它。我不大高兴地问，原来是你把我的诗给寄到报社去了呀？

　　他说，不是我，是军报的一个记者到藏北高原采访，因为强烈的高山反应，他只待一天，就匆忙下山了。但记者毕竟是记者，就在这一天里，他还是强忍头痛，在营区里转了许久。他在卫生科的黑板报上看到你的这首诗，说写得不错，就抄下来带走了。

　　这是 1971 年的事。

　　我至今不知道自己是该感谢还是该怨恨这位敬业的记者。他在没有征得我同意的情形下，发表了我的作品。他使我发表处女作的时间比我通常承认的时间，提前了十五年（我是 1986 年开始自己投稿的）。

　　这件事其实伤害了我。我觉得它太偶然了，一个记者在重度的高原反应下做出的判断，肯定不准。我觉得这种偶然不会再降临，正说明我不是搞文学的料。

　　我转业回了北京，每天上班要坐长时间的车。路上坐公共汽车也

流星落下，我们和好吧！

行，坐地铁也行。公共汽车通风比较好，不用上下楼梯，但是遇上塞车，你可就没钟点了。地铁畅通，可是憋得慌。大概在缺氧的地方待的时间太长，我对氧气特别敏感，最怕闷闷不透气的场所。

但一般情景下，我都选择坐地铁，因为地铁上能看报。

北京人的爱看报，大约全国第一。首善之区的民众，格外关心国家大事。地铁不挤的时候，灯光明亮，运行平稳，最适宜看报。一张张报纸窸窸窣窣地翻动着，世界风云就在车厢有节奏的晃动中，按部就班地输入你的脑海了。

报纸的好处还不仅仅是添你的学问。常常遇到站立时隔着很近的两人，若是没有了报纸的屏障作用，岂不目光炯炯两眼对视，成虎视眈眈之状？报纸像旧时四合院的影壁墙，遮挡着我们各自的风水。

透露一个小小的秘密——我在地铁上常常看别人的报纸。我是那样喜欢看报，但报纸是买不全的。纵是有那个经济实力，买来了也没有地方码放。地铁上五行八作的人都有，手擎各式各样的报纸，一眼扫过去，大标题的内容就八九不离十了。没有意思的，就淡淡放过去，感兴趣的，就细细记住报纸的名字，到了我下车的站台，自家也买上一份。

有时候报上的内容太吸引人，忍不住，就像凿壁偷光的小童，凑着人家的报纸看起来。一般说，我看字的速度比别人快（不习惯细嚼慢咽）。报纸的所有者还在优哉游哉地浏览呢，我早已寻觅新的窥测对象了。

也有赶不上趟的时候，那多半是因为我还没上车的时候主人已经开始攻读，我这个插班生自然撵不上进度。这种关头便有些尴尬，我还没有看完，人家已哗啦啦像掀门帘似的把报纸翻了过去，留下一头雾水的我，怀着难以遏止的好奇心，怔怔地站着。只盼望列车快快到站，我好买来报纸，知道那上面业已刊出的"下回分解"。

有一次，我只顾自家细细地看，只觉得报纸越看越顺眼。因为平日看人家的报纸，都是斜起眼睛，好像落枕似的梗着脖子。此刻倒好像有人举案齐眉地端端托给我看。一口气看完，才顾上抬起头看看报纸的主人。那是一位鬓发苍苍的老翁，微微冲我一笑，将托报的青筋脉脉的手缩了回去，很仔细折了报纸，放进呢子风衣的口袋……

我这才知道，那一版他早就看完了，只是为了等我，才一直擎着报纸。

看过一条消息，说是俄罗斯的国民素质很高，例证之一就是那里的年轻人爱看报纸。我想，其实多年前，中国人也是酷爱看报的民族，只不过那原因的种类多了一些。

这个宽阔的世界
总是与你有关

世界越来越小，频率越来越快，

人被遥控、被操纵的机遇越来越多。

如果你想要寻求问题的彻底解决，

最好还是走到它面前，静静思索再做决定。

所有"遥控"能解决的问题，都是事先设定的程序。

真实的世界千变万化，镇定和耐心永远比按钮更有效。

谁知盘中餐

走云南。主人好客，请吃各种北方未曾见识过的佳肴。一日晚餐，小姐端上一只偌大白盘，上面散乱地堆着一垛小柴捆似的吃食。色泽谈不上鲜艳，形状也无诡谲奇特之处，香气也不浓烈。

小姐放稳了盘子，朱唇微启，刚要报出菜名，主人把手指竖在自家鼻子下，说：不要讲，请客人们猜一猜，这道菜是什么？

我仔细看那白盘中的菜肴：火柴粗细的暗红丝络，中腰被金黄的绳子捆扎着，单凭肉眼还真辨不出它是何物。

可以尝吗？我问。

当然可以，尝完再猜。主人笑吟吟地说。

我心中窃喜。自信虽算不上美食家，却也不是刘姥姥。走南闯北也吃过几道席面。只要让尝，就可说得八九不离十。

细心地解开小柴捆上的绳，填进嘴里。那丝络酥酥的，脆脆的，仿若北京街头炸得恰到好处的焦圈。嚼到最后，齿间留有淡而略腥的气味。

是一种动物蛋白。我说。

主人点点头。

更明确点讲，是一种野生动物的瘦肉。我补充道。

到底是作家，见多识广。主人略感意外地表扬我。又接着问，你能不能再猜猜到底是哪种动物的肉呢？

云南是动植物恣肆汪洋的王国，我可说不上来。我笑着拒绝再猜。

大家也等着主人出示谜底。

主人朗声宣布：这道菜是用大象鼻子制成的肉脯烹制而成。怎么样？味道真是很独特吧？

那一瞬，我的腕肘像突然遭遇寒流，举着筷子，冻僵在半空。

这……真的是大……大象的鼻子？我结结巴巴地问。

当然。真的是，假冒伪劣的风还没刮到咱这边陲小城。这可是货真价实的象鼻子，是大象全身最灵巧的部分。全是瘦肉。吃吃吃。主人的筷子尖像啄木鸟似的戳着盘沿。

可是……可是大象不是国家保护动物吗？我镇定下来。

是啊，可这不是我们捕杀的大象，是从境外贩运来的。我们尽管吃，不犯法的。

见我惊疑未定，主人又招呼服务员：小姐，请到后面去把象鼻肉脯的包装盒拿来。

凑着柔和黯淡的灯光，我吃力地辨认着袋上的英文，果然是邻近一个盛产大象的国度所出品，号称纯正象鼻精制而成，还有一个古怪的商标，名叫"猫王牌"。

我对这商标充满愤怒，威武的象群为这个星球陆地上最大的生物，小小的猫头岂可凌驾神勇的象鼻之上？

我无法再下筷子。眼前总是看到一头健壮的小象用它灵巧的鼻子正卷食青草，一头华丽的公象驮着驯象人，在旷野中蹒跚……

吃吧吃吧，象反正已经死了，又不是我们杀的，同我们无关。主人殷勤相劝。

我终于明白了为什么要在熊熊大火中将惨白的象牙烧掉。往日我在电视上看到那浓烈的黑烟，总觉得这太可惜了。既然大象已遭残杀，既然象牙已被砍伐，既然该发生的一切已经发生过，何不把那美丽的象牙雕成精美绝伦的工艺品，也是一番风景。

面对这盘猫王牌象鼻肉脯，我深刻地洞察了自己的幼稚。正是因为有我这种人的忍让与姑息，对动物的杀戮才层出不穷。地球并不因国界的区别，而吝惜它丰饶的乳汁。人类怎能因法律上的粗疏，而逃避对生命的责任？无知的大象漫游在森林，在国境的那一边它们被射倒，在国境的这一边它们被端上餐桌……生存的环境是一张天网，笼罩在我们头上，无论天涯海角，你无从逃脱。

我拒绝再吃那盘象鼻肉脯。主人再三劝说，并告知那捆扎肉脯的黄丝，看似细绳，其实是极细的冬笋条绑的。吃时不必解开，一并嚼了咽下去，更香。

我不是叱咤风云的英雄，我无法挽救濒临灭亡的象群。作为普通人，我能做到的只有一条：不食肉脯。

假如我们都不吃象鼻肉脯，大象的命运能否好些？

那盘笋丝捆绑的炸肉脯，被众人风卷残云般地吃光了。剩一个白晃晃的盘子，真干净。

一次外地宴请，宾客十人，陪同者一百人。浩浩荡荡的吃饭大军，热热闹闹的杯觥交错，使我想起了"文革"时的一个典故——接头在"破烂市粥棚"。

上了一道烤乳猪，枣红色的酥皮切出格呢样的花纹，散发着撩人的香气。每人蘸着甜酱裹着软饼吃了一块猪皮后，小姐的纤纤素手就把乳猪端走了。桌上有人惊呼："还没吃够呢！"

众人就笑了。一听这话，就知道不是个常吃席的主儿。就有厚道的长者解释："这乳猪是要一猪几吃的。一会儿还要再加工了端上来。"于是呼叫者自惭。众人都很体谅地不再说这猪的事，以防他不好意思，吃得不尽兴。

菜肴极丰盛，山珍海味，摩肩接踵。桌面渐渐床上架屋，摆满了盆盏。有些菜只动了一两筷子，便无人问津。待到再烹制的烤乳猪盛在精致的砂钵里端上来时，大家眼大肚子小，都心有余力不足了。连先前那位呼叫的先生，也望肉兴叹，不曾又一块来尝。

轮到退席时分，我看着那钵昂贵的烤乳猪，确知它绝对清洁，并未被乱箸点过．对它将丢进泔水桶的命运大为惋惜，我对小姐说："请给我打一个包，把这个烤乳猪带走。"

小姐的脸上出现了僵直的笑容，我听到她嘟囔了一声："公款吃喝还要打包……"但还是训练有素地操作起来。

我身旁的当地朋友说："你打算把这个烤乳猪带回北京去吗？"

我说："我打算把它送给你呢。我们不过都是偶尔吃一次这样的席面，你的家人吃到过这样好的烤乳猪么？它一点都没弄脏，为什么不让家里的人尝尝？"

他悄声说："你的心意我领了，但是我可不敢把这个包拎了走，人家会笑话我，这是公款啊！"

我深深为他的廉洁感动。小姐把扎得结结实实的包递给我时，我问了一声："你们这里客人吃剩的食物，不管公款私款，都要扔掉，是不是？"

小姐斩钉截铁地说："当然是的。"语气中颇有对我问话的抗议。是啊，这样几星级的饭店，怎么会把客人剩下的食物再拿去回锅呢！

我对朋友说："听到了没有？反正是要扔的东西，为什么不造福于人，也许我这是妇人之见，我永不能容忍对天物的暴殄。"

朋友莞尔一笑说："这和性别没关系，主要是你见过的世面还太少，心还没练得硬起来，以后吃得多了自然就好了。"

散席的时候，我在众目睽睽之下拎着烤乳猪，心里也生出做贼般的忐忑。酒足饭饱的人们都剔着牙，潇洒地儒雅地走着，唯有我拎了一个庞大的塑料袋，收缩着胳膊怕蹭脏了别人的衣服，小心翼翼地贴着墙边溜。还要时不时地故意大声和旁人搭话，以显露出我地道的北京口音，以此证明：我是一个外地人啊，是不可能把饭包带回北京的啊，所以你们不要嘲笑我啊，以为我是一个用公款吃了喝了还兜着走的人啊……

终于到了饭店外周的黑暗中，我如释重负地对那位当地朋友说："现在可好了，你可以把烤乳猪带回家去了，没有人会看到我们了。"

朋友沉吟了一下说："虽然我想要，可是我还是不能要。这要传出去，我丢死人了。"

我的手默默地缩回来。他说得很有道理。在中国，饿死事小，名节事大。我拎着温热的烤乳猪饭包，踯躅在异乡的街头。烤乳猪焦脆的香气，漂浮在清冷的空气中。前面不远处，有一个垃圾箱。是熊猫模样，我们的国宝。

悄 声

中国人在公共场合讲话时的大嗓门，几乎和随地吐痰一样，成了国际上对我华族大加诟病的地方。舆论一边倒，好像都是文明教养的问题，其实有些不公平。我在美国听到一位对语言学颇有心得的女士说，外文的单词，口唇的运动是连续而轻微的，所以很适宜细语，但汉语的构成是以字为单位，各自为战，每个字都有特定的意思，一个个拉着手往外蹦，各司其职、马虎不得。单兵作战，每个都要咬得清清亮亮，其中的时态和语气非得音调高低起承转合地相配，所以操汉语的人，讲话的声音就不由自主地要大。这对于不同的语言来说，只是表达方式的不同，并无高低贵贱之分。如果把音调的差异人为地打上"高雅"、"低俗"，既不科学也不公平。

我佩服这种见解，考虑到我们的国情，不必跟在外人身后一个劲儿瞎起哄，好像只要说话的声音大了点儿，就是类人猿的亲戚了。这更多是一个语言发音的技术问题，而不是文明进化和教养的问题，抓住不放，就有文化沙文主义之嫌。

我们还是要提倡在公共场合的悄声。尤其是手机的普及，也让语言噪声大大地普及了。一次我在地铁，近旁一位小伙子大概和女朋友吵架了，先是不可一世地狂啸，然后是奴颜婢膝地讨饶。可怜一车厢乘客都被迫成了一幕蹩脚广播剧的听众。车厢里特热特挤，加之凶暴斥责和谄媚求情的噪声，让众人生理心理备受煎熬。

手机响了，通常是要接的，这是礼貌也是配备手机的用意所在，但在公众场合就要有所节制。我怕在公共场合听到老板对下属下指令的那种威严，让近旁的人也不由得打个冷战。也怕听到下属对上级的那种略带阿谀的服从，觉得有损人的平等和尊严。我不喜欢听嗲声嗲气的撒娇，觉得这属专有隐私，你有表达的权利，我也有不受骚扰的权利。我更不喜欢大声喧哗、颐指气使，总觉得有虚张声势的炫耀和色厉内荏的浮躁。当然了，我也能充分理解回话人特殊的处境和语境，比如姑娘小伙儿正在热恋，一语不合就要分手，那刻不容缓的挽救也属十万火急，上司的命令当然要唯马首是瞻，不然好不容易找到的工作就可能被炒。凡此种种，都情有可原。在我等外人看来是过分的语调，也许正是一种必须。这可怎么办？公共的礼仪需要照顾，但个人的需求也应满足。

首先想到手机要进一步提高质量，让任何微小的语音变化都可以清晰地传达，考虑到汉语传音的特色，要有更利于悄声说话，才能让人降低分贝，共享空间的宁静。再者我很希望手机有一个新的设置，当铃声骤然响起时，如果是在不宜答复或是长话需要短说的公共场合，受话方只需轻轻一点，就能自动发出信号，让对方得知此间还有他人，难以用惯常的口吻回话。公众的利益大于个人的利益，受话人的声音需符合公共规范，请发话人给予理解和体谅。

"悄悄地说"，希望能成为一种约定俗成，从此，我们更清静、更从容。

抵制跳窗

上网时间久了，最烦那个东西——跳窗。

早年的跳窗很简单：打开网页时忽然会跳出来个小窗口。这窗口不同于普通的浏览窗口，多半没有菜单栏。内容五花八门，从卖药到卖电视再到网上赌钱。有时候想关掉它，不小心就会点错。然后就会再出跳窗，不停地跳出十几二十几个来，好像妖孽。去请教专家，专家告诉我：中毒了，杀毒吧。

于是只好愁眉苦脸地想办法。跳窗强韧而顽固，三番五次杀不掉，只好重装。

后来跳窗越做越先进，也开始逐渐向两极发展。良性的跳窗，常是国内正规厂商的广告。先放出一张极大的广告图，然后慢慢消失。恶性的跳窗，则关不掉又杀不死。还常常做出一个假的小叉子，或是"关闭"二字。每当你企图关闭时，就会跳到垃圾网站上。

跳窗于是成了最不受欢迎的不速之客。朋友劝我想开点：跳窗也是网站生存的手段，人家白给你看了资料，奉送两个广告，你就不乐意了？

关键不在于它跳了怎样的跳窗，也不在于跳窗和看到的内容之间是否存在性价比的问题，实际上症结所在——有人不敲门就进了你的家，你觉得自己被冒犯了。

是的，就是被冒犯。就像自己家里做好饭款待朋友，不声不响地来了蒙面人，朝你的饭锅里吐口水。

随着技术的发展，这个强盗和以前相比，衣服更花了，笑容更诡秘了。有的时候，他会坐坐然后起身告辞；有的时候就干脆赖着不走。不管怎么变，不速之客的味道却始终没变。

朋友又劝我：人家在网上做广告，和电视广告没区别啊。你能容忍电视剧插播广告，怎么就不能在上网时顺便扫眼跳窗呢？说不定那刚好就是你想买的东西，或是你关注的新闻啊？

记得以前北京市曾经大力打击过一阵子登门卖菜刀的。当你才打开一道门缝时，一把闪着寒光的菜刀就横在你面前。然后一张长满络腮胡子的脸紧跟着露出来，说：买把菜刀吧！

说不定主妇刚好想买把新刀，也说不定小贩的刀真能斩铁如泥。但这都不是登门卖刀的理由。跳窗也如此。内容的好坏，并不决定它固有的性质。我不是杨志，跳窗却是牛二。

那天去朋友家，他家养了一只小猫。才一个月大，毛茸茸的，甚是可爱。据说这个时候的小猫看不清东西。它只会常常转动着朦胧的大眼睛，打量这个世界。

在猫旁边，有个纸叠的手工青蛙。出于好奇，我按了它一下，青蛙立刻高高地跳起来。

小猫立刻被这个活蹦乱跳的新玩具所吸引，东扑西追玩得不亦乐乎。朋友笑说：小猫就喜欢这种跳来跳去的东西。在它眼里，不断变化的东西，最具吸引力。

其实，不单是猫，人也同理。当先祖们扎着草裙捕猎时，他必须时刻谨慎，关注任何风吹草动。稍有疏忽，可能就会因此而丧命。那蹦跳着出现在路上的东西，通常是危险与机会并存。有可能是树上掉落的果子，也有可能是一只马上要发起攻击的猛兽。不论哪种，埋藏在我们身体内部的基因都在对我们声嘶力竭地呼喊：注意啊，前面有情况！

虽然现在几乎不可能在路上出现猛兽，但是习惯成自然，人们仍然会对那些跳跃闪烁的东西投注高度的注意力。婴儿饿了的时候，会大喊大叫挥动手臂，以此来吸引父母的关爱。红绿灯变灯之前也会闪烁，警示司机和行人留心。就连梁山好汉聚众喝酒的小馆，也在门外竖个"三碗不过冈"的酒幌，让它随着清风摇摆，招徕眼球。

跳窗得此真传。它活泼地蹦跳着闯进我们的生活，尽管缄默不语，却用夸张的动作向我们呼喊：注意！看我呀！快来看我呀！

它狡猾地利用了人们的潜意识。

潜意识之所以称为"潜"，就在于它不为人们的意识所察觉。尽管跳窗给大家常常造成不便，可每当看到那些花花绿绿不停闪动跳跃的东西时，人们的眼光还是会被它们所吸引。细究起来，跳窗的"魅力"也正在于此：它用一种看似更客气，其实更霸道的手段，深入我们的生活。

现在出了新型浏览器，可以从技术上控制跳窗。但跳窗真的是技术能控制的么？隐藏在我们基因中的对于活动者的优先关切，滋养着跳窗的勃勃生命力。抵制跳窗，不容易啊！

你还能找到北斗吗

有一天，走进一间大大的办公室。它有多大呢？简直像个足球场。一排排的格子，好像非洲白蚁的巢穴。每个小格子里都有一台电脑，几乎所有的电脑都开着，一眼望去，仿佛一片片闪着不同光泽的鳞甲，颤抖着，忽闪着。突然好奇，我对大家说，我想看看你们的桌面。

这个桌面不是木头的桌面，而是计算机的屏幕。

微软公司配发的桌面，是一片绿色的原野，芳草茵茵，略有坡度和起伏，有如少女肩胛一般柔和的地平线，还有蓝天和白云。

这是哪里？恕我孤陋寡闻，我不知道。那一年到了冰岛，极目远眺，绿水青山，觉得有些像，然而，终不是。

据说，人类发源于东非高原。那里水草丰美，有蜿蜒的河流，稀疏的林木，宽广的空间……想想那时人类的生存状况，能理解他们的选择。

必要有流水，否则，在没有打井和储水设备的时候，谁来保障水的供给？只有河。

需要相对的开阔。早期的人类和凶猛的野兽比较起来，势单力孤。如果居所在密林中，真有什么野兽无声无息地接近营地，将是非常危险的局面。

要有林木。如果危险的对手不会爬树，从大猩猩进化来的古人类，攀缘的本领一定还不错，必要时爬到树上，或可躲过一劫。

不知他们那时，是否已经学会了刀耕火种？开阔的地形上，也许可以开点小片荒，种瓜种豆，聊补生计。

扯得远了，回到咱们的正题。

我觉得微软的这屏桌面实在很妙，它是远古人类生存环境的再现，看到它的时候，每一个细胞的记忆都被调动，人会情不自禁地安静下来，涌起稳定的愉悦。

不过，再好的东西，终日享受也有厌倦的时候。人是喜新厌旧的动物，这不是缺点，只是弱点。于是人们就各显其能，换上了个性化的桌面。感谢大家，让我在同一个时间内看到了丰富多彩的屏幕桌面。

后来，我就像有窥视癖的心理变态者一样，经常不动声色地悄悄端详别人的电脑。好在大家对电脑中的内容保密警惕性很高，但对桌面屏幕却采取了大大咧咧、任由参观的态度。

屏幕上什么景色最多？猜一猜。

大多数人都能猜对。屏幕上出现最多的景色是大自然，尤以绿色为多。草地或是森林，还有盛开的天真烂漫的花。

其次是海洋和蓝天。蓝得令人想下跪的大海，翻卷的浪花如羊群一般柔美。朝霞或晚霞，瑰丽如火。

还有很多蝴蝶、禽鸟、热带鱼的图片。

我本来以为会有人物图片，比如恋人啊，孩子啊。有一些，比例不高。还有一点，让人比较吃惊。把自己父母图片当作屏幕的，一个也没有（也许，一打开电脑，就看见父母殷切目光，实在是个压力。躲了吧）。

小小统计之后，我想说，人们是多么渴望在大自然当中遨游啊。

　　可是，这个简单的期望，并不容易满足。不信，你问问自己，你有多少天没有仰望过星空？还能找到北斗七星的位置吗？你有多少天没有到公园中玩耍，看到盛开的花朵，闻到芬芳了？你有多少天没有听到纯净的流水声，也就是干净的大海和深山的小溪发出的声响？

　　很多人都会说，很久了，很久了。

　　把电脑屏幕上的大自然换成真的风景吧，迈开你的双腿！

让我们害怕
汽车吧

现代科技洒在现代生活上面，仿佛魔水，很多传统的事物都被放大或是缩小了。分居的恋人，虽然丈量距离还是同样的公里，因为有了飞机，分手时刻的悲凉较之古代的清泪沾襟，或许要蒸发很多。比如山珍海味，有了吃复合饲料的飞禽走兽对虾鲍鱼，不必再到深山老林或是惊涛骇浪中杀捞，也不再是御膳房的专利，普通人咬了牙也可享受一把，虽然边吃边疑惑是否原装的滋味，起码

大鱼的黑喷泉

– 128 – 129 –

形式上也算过了一回瘾。再如珍珠，因为可用手工往贝壳里填沙，于是美丽和不美丽的女人，颈项都闪了圆或不圆的荧光。甚至黑发如瀑、肤色如雪、国色天香、魔鬼身材也不再仰仗天赐，自有染发剂、美容霜、整容刀剪以假乱真……

以上说的"缩小"，擦拭了原有的差距，分野变得模糊混淆，使得现代人渐趋麻木和一统。

然而还有"放大"。金钱放大了财富的悬殊，眼球放大了名利的落差，知识放大了智愚的区分，权势放大了廉腐的沟壑……有一个很家常的"放大"，蹲在你我身边——它就是汽车。

汽车放大了脚步，以往跋涉数月的旅程，现在一两天就可抵达。动物中最迅捷的短跑名将猎豹，也要拜倒在最蹩脚的汽车裙下。汽车能使任何一个懦夫，变成脚踏风火轮的骁将。

汽车放大了体重。一辆中等的汽车，分量已达吨级。当人和车结成风驰电掣的联盟的时候，这个有着四个或更多轮子疾速运行的物体，就成了人类有史以来撞击力最强大的猛兽。

汽车放大了我们的体积，成为隐秘的空间和第二个家。汽车放大了我们跋涉的半径，可以更快地在城市中游走，在工作中穿梭。汽车熏蒸着我们对世界观察和感知的视野，汽车成了很多人只喝汽油的庞然宠物。

可惜高科技在放大人类脚掌的同时，没有能力放大人类的宽容和礼让，没有能力放大人类的道德约束力和悲悯心肠，也没有能力再生人类生命的枝蔓和青春的花朵。

报上常常披露一些恶性的汽车肇事案件，司机手艺低劣且不说，更有怄气斗狠的嚣张和伤人之后的逃逸……看得人惊心动魄。有时我在街上走，会看着热带鱼群般的车阵发怔，心想他们其中是否就隐藏着这样的马路杀手呢？也许，就像有些人没有好的听力不能学习乐器，没有好的色彩分辨能力不能当个画家一样，有些人是不能也不应该开汽车的。这不是说他们在驾校学习不认真或是考试不及格，我相信在这些有形的技巧表达方面，他们是可以过关的。我忧虑的是很多有资格驾车的人，其实还未曾修炼出与这种体积、力量及速度相匹配的那颗心。当你天天坐在汽车里，你其实已不是以你本来面貌出现了，你是以一种比你本身凶猛多了的形状出现了，司机们，你可准备好了吗？

让我们害怕汽车吧。猛虎已在深山中绝迹，成了动物园里慵懒的食客。蟒蛇已龟缩在越来越逼仄的湿地，晾晒着它苍老的肚皮。汽车海豚般光润的外壳和它高速扭转的四肢，已进化成了最凌厉的杀手。

因为害怕汽车，我们会比较地谨慎和关爱，我们会比较地克制和忍让。害怕汽车，也许会在某一天，让我们长出与汽车的速度和体积相和谐的心肠和眼光。

没收遥控器

没有比遥控器这种东西，更霸道更拒绝变化的电器了。

它们长相大同小异，外罩除了黑就是白，绝无彩色时装。形状一律长方，看不到正方椭圆更甭说三角五角的变异。各种指示键微凸如豆，扑朔迷离。手指肚粗的，一不留神就按错了地方。键盘上的标识洋文居多，仅掌握国语的人，就得瞎猫碰死耗子估摸着来。幸好遥控还算经折腾，且基本上循序渐进，按错了也不会一失足成千古恨，发觉后，改过不晚。

自打遥控器潜入家庭以后，就不动声色地潜移默化地改变着我们的生活习惯甚至性格。

先使我们懒惰。

遥控器延长了我们的手指，废用了我们的双脚。虽然从座位到电视机旁不过几步之遥，但人天生的惰性，使我们马上放弃了亲自实施意志的愿望，拱手托付予这枚丑陋的仪器。不喜欢这个台了，"啪"一按，它就如同被施了魔法，旧画面"嗖"地隐去，替上来另一幅莫名其妙的图像。只唱了半句的歌，立刻喑哑，好像那歌手兀地跌下乐池。刚说了半截的话，毫无征兆地被拦腰斩断，主角仿佛被武林高手点了哑穴。才露出的半张笑脸，马上被另一张狰狞的五官代替，从古

二 呆

时海盗到摩登女郎，变脸不足一秒钟。太空人到原始部落的跨度，连个最潦草的铺垫都没有，风驰电掣瞬息万变……

遥控器给我们一种近乎杀戮的快意。朕要你死，你不得不死，且一时不可耽搁。逢到我们不顺心，把遥控器点得如机关枪的连发，各频道血肉横飞地变幻着，荧屏一派狼藉。

不要小看这几步之遥。自己走过去，就是一种甄别和付出。举手之劳太轻易，就不会珍惜选择的权利。选择，具有测定智商的功能，于是愚人们常常用繁多的选择，遮盖自己的不善选择。太便捷的选择，很易导致轻率发生。太茂密的选择挤在一起，就像未曾间苗的土地，使最主要的愿望丧失生长的能力。

有人会说，选择错了，有什么了不起嘛。不是可以修正吗？的确，遥控器可以在片刻间恢复我们曾经抛弃的画面，但太轻易的返回和修正，徒然增大轻举妄动的随意，浪费光阴。据说某国训练超常少年，有一条不成文的规定——没收你的橡皮。你要从小养成对你的计算负责，而不能一味地寄托于涂改。况且，有一些美好的片段，电光石火，在我们频频变换频道的时候，已永不复现。

遥控器使我们的耐心千疮百孔。

看到一篇报道，就是没有发明遥控器之前，电视观众观察一个频道的节目看与否，通常在几分钟之后才做决定。有了遥控器以后，这一辨析的时间，缩短到几十秒甚至十几秒。那位作者是电视台的，结论是：要想让你的节目吸引人，有广告效应，就得在每个十几秒的单元内，都杯水兴波抓得住人……

于是大悟，屏幕为什么有那么多挤眉弄眼的搞笑，有那么多啼笑皆非的噱头。文武之道，一张一弛，波澜起伏方能成就大手笔，才是大家气魄。只在十几秒内使人目光转睛的东西，多是小把戏。遥控器蚕食了人们的耐心，使我们像泡沫般浮动和烦躁。

遥控器使我们从心到目疾如星火。但世上万物，并非都跟竞技体育似的越快越好。有些事物，还是慢为佳。识得一个人的心，需要时间。透视一件事的本质，需要时间。掌握一项本领，需要时间。考验一条真理，需要时间。一棵树的长成，需百年风霜，砍伐它，倒是片刻的工夫。一道承诺，实践它需一生一世，背弃它，轻而易举。

遥控器使人们变得傻而倔强。明明是丧失，却以为获得。你被它主宰，却以为是主人。强化了行动，淡化了思索。一个晚上，我们不停地换台，企图寻找最好。时光在"啪啪"的遥控器声响中逝去，最好的没有找到，留下的是惆怅。单纯地贪变图新，左右了我们的意志。于是，看到的多是残片，记忆中难得完整的印象。咀嚼的是渣滓，留不下流畅的空间。

一位朋友，在茶几上放了一个竹编小笸箩，里面不是纽扣剪刀，而是大大小小形形色色的遥控器。有电视的，录像机的，风扇的，VCD 机的，空调的……仿佛外婆的针线篓。她苦笑：为什么不能跟"一卡通"似的，来个"一遥通"？

另一位朋友，在家庭内发动了一场小小的革命，把所有的遥控器都藏起来了。我问，不会不便？她说，没了这只长手，只要天气还不是热得难以忍受，你就不会去开空调。没把电视里的节目看出子丑，你就不会慌里慌张地换频道。喇叭里的声调稍显低沉，你会耐心地等待它恢复正常，而不是像以前似的，迫不及待地调高音响，一会儿，待正常音调出现时，又被震得耳痛，忙不迭地用遥控器操纵着变小……手边的事情，还是稍微难点缓点好，人的脾气就沉着冷静了。

世界越来越小，频率越来越快。人被遥控、被操纵的机遇越来越多。如果你想要寻求问题的彻底解决，最好还是走到它面前，静静思索再做决定。所有"遥控"能解决的问题，都是事先设定的程序。真实的世界千变万化，镇定和耐心永远比按钮更有效。

生命中的
粗纤维

每个人的生命中必定下雨，就像坏天气也是大自然的一部分。

某些日子势必黑暗又荒凉，就像你不可能总是吃细粮，

那 样 你 就 会 得 大 肠 癌，你 一 定 要 吃 粗 纤 维。

坏天气、悲剧、死亡、生病，都是生命中的粗纤维，

我 们 只 有 安 然 接 纳 。

节气是一种命令

夏初,买菜。老人对我说,买我的吧。看他的菜摊,好似堆积着银粉色的乒乓球,西红柿摞成金字塔样。拿起一个,柿蒂部羽毛状的绿色,很翠硬地硌着我的手。我说,这么小啊,还青,远没有冬天时我吃的西红柿好呢。

老人显著地不悦了,说,冬天的西红柿算什么西红柿呢?吃它们哪里是吃菜?分明是吃药啊。

我很惊奇,说怎么是药呢?它们又大又红,灯笼一般美丽啊。

老人说,那是温室里煨出来的,先用炉火烤,再用药熏。让它们变得不合规矩地胖大,用保青剂或是保红剂,让它比画的还好看。人里面有汉奸,西红柿里头也有奸细呢。冬天的西红柿就是这种假货。

我惭愧了。多年以来,被蔬菜中的骗局所蒙蔽。那吃什么菜好呢?我虚心讨教。

老人的生意很清淡,乐得教诲我。口中吐钉一般说道——记着,永远吃正当节令的菜。萝卜下来就吃萝卜,白菜下来就吃白菜。节令节令,节气就是令啊!夏至那天,太阳一定最长。冬至那天,亮光一定最短。你能不信吗?不信不行。你是冬眠的狗熊,到了惊蛰,一定会醒来。你是一条长虫,冷了就得冻僵,会变得像拐棍一样打不了弯。人不能心贪,你用了种种的计策,在冬天里,抢先吃了只有夏天才长的菜,夏天到了,怎么办呢?再吃冬天的菜吗?颠了个儿,你费尽心机,不是整个瞎忙活吗?别心急,慢慢等着吧,一年四季的菜,你都能吃到。更不要说,只有野地里,叫风吹绿的菜叶,太阳晒红的果子,才是最有味道的。

我买了老人家的西红柿,慢慢地向家中走。他的西红柿虽是露地长的,质量还有推敲的必要。但他的话,浸着一种晚风的霜凉,久久伴着我。阳光斜照在网兜上,那略带柔软的银粉色,被勒割出精致的纹路,好像一幅生长的印谱。

人生也是有节气的啊!

春天就做春天的事情,去播种。秋天就做秋天的事情,去收获。夏天游水,冬天堆雪。快乐的时候笑,悲痛的时分洒泪。

少年需率真。过于老成,好比施用了植物催熟剂,早早定了型,抢先上市,或许能卖个好价钱,但植株不会高大,叶片不会密匝,从根本上说,该归入早夭的一列。老年太轻狂,好似理智的幼稚症,让人疑心脑幕的某一部分让岁月的虫蛀了,连缀不起精彩的长卷,包裹不住漫长的人生。

时尚有句俗话——您看起来比实际的岁数年轻,听的人把它当作一句恭维或是赞美,说的人把它当作万灵的廉价礼物。我总猜测这话的背后,缩着上帝的一张笑脸。

比实际的年龄年轻,就分明是好的、美的、值得庆贺的吗?

小的人希冀长大,老的人祈望年轻。这种希望变更的子午线,究竟坐落在哪一扇生日的年轮?与其费尽心机地寻找秘诀,不如退而结网,锻造出心灵与年龄同步的舞蹈。

老是走向死亡的阶梯，但年轻也是临终一跃前长长的助跑。五十步笑百步，不必有过多的惆怅或是优越。年轻年老都是生命的流程，不必厚此薄彼，显出对某道工序的青睐或是鄙弃，那是对造物的大不敬，是一种浅薄而愚蠢的势利。人们可以濡养肌体的青春，但不要忘记心灵的疲倦。

死亡是生命最后的成长过程，有如银粉色的西红柿被摘下以后，在夕阳中渐渐地蔓延成浓烈的红色。此刻你只有相信，每一颗西红柿里都预设了一个机关，坚定不移地服从节气的指挥。

年龄的颜色

　　如果在词语上涂抹颜色，把红色比作褒奖，把黑色比作贬斥，婴儿的诞生就是一枚艳丽的圣女果铿锵落下，年龄调色盘就此开始旋转。

　　幼儿无疑是樱红色的，皮肤水嫩吹弹可破，胎毛柔软双眸晶亮，对成年人的依偎更使长辈在辛苦的同时，感到被信任的幸福和施予哺育的责任。

　　当幼儿长成少年，他们开始反叛和桀骜不驯，但眼光依然秋水般明澈，恣肆汪洋之下依然是可爱的探索和希冀。

　　如果说到青年人的颜色，我想是金红色的吧？不仅仅是红，而且有了逼人的光芒和灼热的火焰，有炫目和烘烤之感。

　　对于中年人……注意，当我们说到这个词的时候，会不由自主地把音速放缓，深深地吸进一口气。我们会感到平稳和力量，会感到深厚的功力和外柔内刚的主动。用颜色做比方，此时的他们是沉静而内敛的枣红色，有了一点点不易察觉的黑色潜藏其中，恰到好处，让红有了滑利的平台和根脉的偾张。

　　随着年龄的增长，调色盘中的红色悄悄地隐没，黑色如荒草蔓延滋生。他们颊上的光润，无可挽回地凋落了，血脉开始干涸。雪白的牙齿无论怎样保护，已出现松动和脱失。漆黑的须发无论怎样濡养，却也躲不过秋霜的点染。矫健的双腿注入了滞涩的尘锈，锐利的双眸需要借助镜片的帮忙才能看清书本……他们无可逆转地进入了老年，沉暗的黑幕跳着优雅的华尔兹，温和地不动声色地蚕食着红色的舞台，旋转着将你带到遥远的天际，那里有星星点点的光芒、如银的残月和无边的静夜……

　　这不是一个悲观的预测，而是一个透明的事实。如果让我更赤裸裸地说出真实，那就是这个规律对于女人来讲，更坚定和不容商榷。如晦的黑色会更早地出现，娇嫩的红色会更快地淡隐。什么美容整容化妆术，都遮盖不了本质的嬗变。当绯红退潮酱黑涌入的时候，有一个专用名词，这就是"更年期"。我觉得这个名词起得挺妙——变更年龄的时期。追本溯源，什么年龄变更了呢？是一个女人从生殖的年龄变到丧失了这种功能的年龄。

　　这在远古，一定是一个令女子非常可怕的改变。对于种族和家系的繁衍，她已归零。生产力低下的时代，繁殖的本能，是女性赖以生存的极为重要的资源。更不消说，由于激素的变化，她的身体内部出现了一系列陌生的信号，令她震惊和不适。她有可能暴躁和哭泣，会面部潮红情绪波动，会丧失部分劳动能力甚至难以与人和谐相处……凡此种种，现代科学将之冷静地归纳在一起，打了一个大大的文件包，名曰"更年期综合征"。

　　更年期综合征是一组症状，在已知的疾病里面，它既不是最难治的，也不是最严重的。不像"非典"或"禽流感"，它不传染。所有不曾早夭的女人差不多都会被它淋湿一遭。在某种程度上说，症状如不剧烈，它几乎不能算是一种病，只能说是一个生理阶段，有一种广义上的必然。据现代科学研究，男性也会有"更年期"，体内的荷尔蒙也会衰减。他们也同样难逃生殖机能从衰减趋向沉默的恢恢法网。

有趣的是，你可以观察，大多数人，尤其是年轻人，在谈起"更年期"的时候，嘴都会不由自主地撇一下，以表达不屑和厌恶。或者说，当他们具体针对某个人的时候，由于关系的紧密和礼节的顾忌，这种情感还比较收敛的话，当这个名称抽象起来，成为单纯的标签时，这种轻漠和鄙弃将表达得十分充分和无所顾忌。

年龄上的傲慢，是进化中的化石。现代科技与文明，已经大大地延续了人类的年龄，但那些来自远古的律令，依然盘踞在我们意识的岩缝里。

在动物世界，过了盛年的个体，就滑到了边缘和死亡，某些物种，完成繁殖之后，几乎立刻结束了生命，把尸身盛在盘子里变作后代的佳肴。人是一个例外，这个例外由于科技的助力，变得更加突出了。但我们在意识层面之下对于古老法则的延展，却还是根深蒂固的。

有人说，提出了问题就等于解决了一半。在年龄歧视这方面，我可不乐观。提出问题不是解决了一半，仅仅是觉察而已。

我注视我自己的头颅

一次生病，医生让照一张头颅的 CT 片子。于是我得到了一张清晰准确的自己头骨的照片。

我注视着它，它也从幽深而细腻的灰黑色胶片颗粒中注视着我，很严峻的样子。

头颅有令我陌生的轮廓。卸去了头发，撕脱了肌肤，剔除了所有的柔软之物，颅骨干净得像刚从海中捞出来的贝壳。

突然感觉到很熟识，仿佛见过似的……不久前……我记起了博物馆，那里有新出土的类人猿头骨化石。

夹进了几十万年进化的果子酱，颅骨还是像两块饼干似的相似。

造化可真是一位慢性子。

假如我的头骨片落到一位人类学家手里，便可以十分精确地分析出我的性别、年龄、体重、身高……它携带着我的密码信息，脱离我而孤零零地存在着。医生读着它，却做出我是否健康的结论，它似乎比我还重要。

我细细端详它，仿佛在鉴赏一件工艺品。实在说，这个物件是很精致的。斗拱飞檐，玲珑剔透，为人体骨髓中最精彩的片段。不知多少稻麦菽粟的精华，才将它一层层堆砌而起；不知多少飞禽走兽的真髓，才将它润泽得玉石般光滑。阳光中的紫色，馈赠它岩石般的坚硬；和煦的春风，打磨它流畅的曲线。我感叹大自然的精雕细作，用山川日月、金木水火、天上地下、风云雨雪的物质魂灵，挑选着，拼凑着，混合着，搅拌着，一轮又一轮地循环……终于在许多偶然与必然的齿轮磨合中，缝缀镶嵌起了无数颗头颅，其中一颗属于了我。

假如我最终不是化为一股热烟，这头颅该是最难融入泥土的部分。它会睁着空空洞洞的眼眶，凝视着一碧如洗的长天；它会耸动并不存在的鼻翼，吮吸依然存在的花香；它会让风从贯穿的耳道中，像特快列车那样呼啸而过；它会半张着惊愕的颌骨，依旧对这个星球上发生的许许多多事情表示讶异……

我不由得伸手弹弹自己乱发覆盖下的头骨，它发出粗陶罐的响声。这是一个半空的容器，盛着水、细胞和像流星一样游走的念头。念头带着阴电和阳电，焊接时就散发出五颜六色的蛛丝，缠绕在一起，像电线似的发布命令，驱使我有各式各样的举动。正是这些蝌蚪一样活泼的念头，才使我写下了以上的文字。

罐子里的水会酸腐，那些细胞会萎缩，但文字是不会生锈不会腐烂的，它们比有生命的物体更有生命。它们把念头们凝固下来，像把浑浊的豆浆压榨为平滑的固体。人人都拥有的文字，经过特定的组合，就属于了我。组合的顺序就是一种思索。

我望着我的头颅，因为它是思索的宫殿，我不得不尊重它。它却不望着我。透过我，它凝望着遥远的人所不知的地方。它比我久远，它以它的久远傲视我今天的存在。但我比它活跃，活跃是生命存在最显著的标志之一。

但和文字比起来，无论现在的活跃或者将来的久远，都黯然失色。

骨骼算什么呢？甲骨不正是因为有了文，才神圣起来，否则不过是一块烤焦的兽骨！

文字是先人们留给我们的符咒，使我们得以知道一只只水罐曾经储存过怎样的五彩念头。罐子碎了，水流空了，但一代又一代最优秀的念头组合却像通电的钨丝一样，在智慧的夜空勾勒着永不熄灭的痕迹。

我注视着我的头颅，递给它一个轻轻的微笑：我们都有完全不复存在的那一天。那时候，证明你我曾经存在过的证据，到哪里去寻找？

制造念头吧！那些美丽的像鸟一样在空中飞翔的念头，假如它们真的充满睿智，假如它们真能穿越时代的雾海，它们的羽毛就会被喜爱它们的人所保存。

那个发明 CT 的人真聪明，他使活着的人看到一个骷髅，想到许多以后的事情。

被迫锻炼

我是一个不爱锻炼的人，但是现在每天会拿出一个小时，到小区的健身操场活动筋骨。这是一件辛苦的事情。不过因为对自己的身体有好处，也就坚持下来了。

你看看"锻炼"这两个字，左边的偏旁，一个是"金"，一个是"火"，本意象征的是金属的冶炼和延展，都非轻松的工序。右边的部分也很复杂，难以一蹴而就。由此看来，除了专业运动员之外，一般人要想把锻炼身体这件事认认真真一丝不苟地完成，必得付出持之以恒的毅力和时间。

我年轻的时候身体很好，记得参军时检查身体，当最后一个项目完成的时候，体检表盖的章是——特等。身高一米七，体重六十公斤，视力是一点五，浑身上下毫无瑕疵，连虫牙都没有一颗。所以有人问过我，当年那么多女兵，为什么偏偏把你分到西藏阿里那样艰苦的地方去了？我就回答，也许是因为我的身体太好了，上到海拔五千多米的藏北高原非我莫属了。

身体好，也让人生出麻痹大意。我在西藏当了十一年兵，回到北京到了新单位后，既要工作又要学习，外加服侍公婆自带孩子，一天忙得团团转，时间非常紧张。当医生值夜班，到了早上，别人都是马上补觉，我却觉得这是凭空多出来的干活时间，早就把自己安排得满满的，分秒必争。跑到文化馆去听课，在家里拆被子洗床单，到自由市场采买肉菜，深夜了还在看小说……忙得不亦乐乎。那时候年轻，觉得万事都不可耽搁，唯有自己的吃饭和睡觉时间是可以压缩的。于是，在将近十年的时间里，我都是早早起来给家人做好早饭，一看表，上班时间到，什么都不吃就出门了。刚开始的时候觉得饿，特别是冬天，胃里没食，格外的冷。时间长了，好像也适应了，还以为这样挺合算的，别人为了吃早饭手忙脚乱的时候，我却早早地到了单位开始看书了。

终于有一天，半夜里腹痛难忍，只好连夜到医院看急诊，医生诊断是胆绞痛发作，当时一查，白血球两万多，我痛得蹲在地上起不来，医生就打了杜冷丁，并嘱咐我第二天疼痛缓解之后再做进一步的检查。最后确诊为胆结石，医生说最大的原因可能就是我多年不吃早饭，胆汁高度浓缩，最后形成了结石，结石梗阻，引发了炎症。那一段时间，我吃了很多药，胆绞痛还是不断发作，夜里跑医院几乎成了家常便饭。不得已，医生说，再这样打镇痛剂，你会成瘾的。看来保守治疗效果不好，做手术吧。

我在北京医院做了胆囊摘除的手术，术后在监护病房躺了几天，那种仰望着空无一物的天花板的无助感觉，终生难忘。因为胆汁的消化功能受损，出院后腹泻了很久身体才慢慢适应。

这个教训让我体会到了人毕竟不是铁打的，身体在为我们提供工作和生活的奉献之时，也需要好好地保养和善待。从此再不敢不吃早饭了，无论多忙，都要为自己准备一顿正儿八经的早餐。比如牛奶和麦片粥，比如蒸蛋羹和烤面包干……哪怕是一碗剩下的稀饭一只剩包子，也要郑重其事地热开蒸透，再津津有味地咽下。

还要坚持锻炼。我的方式就是每天晚上到健身操场，摆弄那些名目繁多的运动器械。我最喜欢的是"太空步行机"，站在上面不停地踢腿，既好玩又活动了下肢关节，长久下来，略显僵直的关节也灵便了不少。

吃饭和运动，是两件重要的事情。如果你忽略了它们，在一个短时间内，好像也看不出多少损失。但我们的身体是一个负责的书记官，它把一点一滴都记录在案，如果你辜负了它，慢待了它，那么，就算它再好脾气，再任劳任怨，也终有一天会磨损和断裂，到那时候开始算总账，就比较麻烦了。所以，如果你有饮食和运动的好习惯，就请坚持，必将受益无穷。如果你曾像我那样疏忽大意，就要亡羊补牢，把保养身体放到重要的位置，才会有更充沛的精力和时间，去从容完成人生的大目标。

你我的记忆

　　在我们的身体里面，居住着某些连我们自己都莫名其妙的客人——记忆。没有人能说清楚记忆是从什么时间开始驻扎进来的，它们比江河的源头还要难以寻找。长江源是一些翻滚的水泡，好似透明的蝼蛄钻出地表，记忆的源头是什么呢？是一些鲜艳同时支离破碎的毛线团，五彩杂糅，有一种喜洋洋的生命力。顽强的记忆耐酸碱和腐蚀，岁月无法将它们漂洗。

　　我们为什么会对某人一见钟情？我们为什么热爱一份他人无法接受的工作？我们为什么对某些事物滋生厌倦？我们为什么会在某种场合不可理喻？我们爱恨的理由是什么？……

　　凡此种种心灵的奥秘，都和记忆有着千丝万缕的关联。

　　记忆是人体中最不服从命令的一位世袭的将军，相信很多人在求学考试之时，都有惨痛印象。记忆顽皮，不知暗中遵循的是何种规律，有些事件，一点也不重要，可它偏偏就记得镂骨蚀魂，连当时的一声蝉鸣一朵浮云，都毫发不爽。不良的情绪，好像一袋携带终生的垃圾，即使你把它埋葬在潜意识里，但它如古尸的指甲，依然锋利。有些极为重要的瞬间，你不停地对自己说，记住它记住它，万万不能忘啊！可惜，记忆常常充满阴谋地背叛你。

重复多少次，人就可以记住某些事物了呢？这可能是人类永远的秘密了。但在实际生活中，好像很有一些人是掌握了这个谜底的。比如，老师罚小学生把某个字词书写多少遍……他的理论基础就是以为重复会有奇效。又比如，那些撒谎的人，可能也相信口吐飞沫就能潜入他人的记忆。还有热恋当中的爱人，一遍又一遍地重复"我爱你"……想来也是不很明了记忆神鬼莫测的品格。

比起记忆的存在，记忆的销蚀更是不可捉摸。我在雪山服兵役时，认识一位搞保密工作的参谋。他一贯很忙，不苟言笑、步履匆匆。后来突然就散淡起来，四处逛着，抱着手，没事就找别人侃聊。聊到山穷水尽时，众人都无反应了，他还挑起新的话题，后来人们见了他就要躲着走。我问他，嗨，你还有没有什么正经事要做啊？他说，我做的事是再正经没有的了。我说，你一天究竟干什么呢？他说，我干的事就是不干什么。我说，天下还有这样舒服的工作吗？他说，这是工作，可是并不舒服，因为我要干的事，就是忘记。我说，忘记，也配叫一种工作吗？他说，忘记这件工作比什么事都难办呢。我以前知道很多秘密。我现在要转业了，我就要把以前的都忘记。我拼命地找人谈话，是想加速这个过程。这就好比要在一张写满了铅笔字的纸上，再写满钢笔字，这样以前的字迹就看不清了。完全遗忘后，我就可以到新的岗位去了。

我说，你什么时候才能知道自己已经忘记了呢？

他苦笑了一下说，当我专注于忘记的时候，我就比什么时候都记得更清楚。

是的，我们都有这样痛不欲生的经验。当我们越想忘记一件事情的时候，其实反倒是把它放到记忆的密码箱里了。这种时刻非常常见，同时也是非常倒霉。事情一进入了这样的恶性循环，几乎就是记忆的癌症了。那些我们期待忘却的记忆，甚至在幽暗的骨灰匣子里，依旧像一块冥顽的弹片熠熠闪光。

记忆不属于生理，记忆是心理的。我们的历史，就是我们的记忆。丧失记忆，将不知道自己是谁。经验就是一种心理记忆。当遭遇陌生的境遇和挑战，我们飞快地检索，以期从记忆中找到可资借鉴的经验。感情，更是心理记忆的无价之宝。童年是记忆的滥觞之地。无论走到哪里，哪怕一无所有，因为有记忆，我们就不孤单。我们的知识，更是我们的记忆了。我们的友谊，也是记忆。没有记忆的友谊，是现代社会人际交往中的速食面，蜷曲着，散发着防腐剂的可疑味道。情感的温暖和光芒，都浓缩在记忆里面，在寒凉中弹射出金色。

记忆又是独立的。它刚直不阿，不卑躬屈膝。它兀自地游走着，不看任何人的脸色，不顾忌世态炎凉。有些人企图修改自己的记忆，但你骗得了别人，你骗不了自己。记忆在重重的谎言覆盖之下，依然保持着耿直生命的姿态，等待着复苏的时刻。甚至由于这种压迫，它更清醒和更明晰了。在人所具有的所有功能之中，记忆有一种我们尚不能完全明了的强硬品格。即使是一个懦弱而充满欺诈的人，我依然相信，在他大脑的极地下，活着晴朗的记忆苔藓。它们无法长成大树，但它们有着灰绿色的生命。

记忆是诚实的。如果没有一个快乐的童年，你不可能回到从前，涂抹粉红的颜色。你需要接纳你的记忆，如同接纳你与生俱来的一切。

由于记忆的这种非凡的品格，所以，世界上很多罪恶，都是为了和记忆作对才产生的。为了对抗痛苦和迷惘，人们酗酒吸毒沉迷于种种感官的刺激。记忆丧失，是很可怕的事情。我们爱什么恨什么，喜欢什么厌恶什么，都是由我们的记忆组成的，甚至可以说是由我们的记忆控制的。记忆是我们的无冕之王，记忆是我们体内的暴君。记忆主宰着我们却又不动声色。当我们以为自己是在书写新的篇章的时候，记忆在一边暗笑。所有草稿早已打好，你不过是在一字一词地誊清。

我们活在我们的记忆里。这是一个事实。这个事实，让我们对我们的记忆肃然起敬，又心生畏惧。我们的记忆是隐形的，又是无所不在的。我们的记忆是柔软的，又是钢铁般坚硬。记忆这个东西，大象无形地左右着我们，又销声匿迹满脸无辜。

心理的记忆是无法修改的，只有重组。重组不是覆盖记忆，只是对某一特定的记忆有了新的解释。记忆是需要解释的，记忆只是一个事实。对一个司空见惯的事实，有着怎样的解释，是沉迷往事还是奋起向前的分野。

我们的记忆，不仅仅是属于每位自己的。也就是说，它不但是我这个生命存在期间的产物，而且在我出生以前很久的势态，也深刻地影响着我的记忆。这种集体无意识，弥散在周围的空气里，分解在文化的颗粒中，被我融入自己的血液，流过生命的过程。

有一部分记忆改头换面，潜藏在心灵的地下室。它们可以沉睡多年，却不会永远甘于寂寞。当它们一旦释放出来，那可怕的能量滚滚而下，摧枯拉朽淹没一切。那时候，我们是记忆的主人，又是记忆的奴隶。在饱受记忆惠泽的同时，也会领教它出其不意的危害。记忆伴随着情感。没有情感的记忆是不牢靠和不持久的。情感是记忆的盐。机械的记忆是枯燥和干瘪的，它们轻飘飘的极易随风而逝。伴随情感的记忆是饱满和长着触角的，它们灵动地滑翔着，无数的联想就如同萤火虫似的聚拢过来。当我们以为自己是在创新的时候，只不过是记忆发生了新的组合，一些原本酣睡的记忆跳起了圆舞曲，它们如同万花筒内的玻璃晶，勾搭粘连，幻化出了莫测的图案。

如此说来，记忆既是古老的妖婆，也是婴儿的产床。记忆是兼容并蓄又是一意孤行的。人类至今无法操纵自己的记忆，这是遗憾也是福气。人类在遗忘中筛选自己最宝贵的一切。记忆特立独行的品格，是人类良知最后栖居的湿地。这里飞翔着黑白天鹅也潜伏着毒虫。

我们了解自己的记忆吗？唔，不了解。我们看不到它，只能看到它飞过天空的影子。我们由它组成，受它役使。它是国王又是仆人。它时而懒惰异常时而又伶俐无比。试问还有什么比优异的记忆力更令人羡慕的？那不仅仅是一种天赋，更是学历和坦途的保修证。还有什么比丧失记忆力更令人恐惧的？那不仅仅意味着人将混同于一株植物，更是被怜悯和被抛弃的代名词。记忆就这样君临人类的天下，让我们在它的石榴裙下臣服。

你为什么热泪盈眶，为什么沉默不语，为什么拔刀相助，为什么长夜无眠……凡此种种，都是你的心理记忆浮出海面的时候。搜索海下那庞大的坚冰，是你永远的工作之一。

童话，并不只是给儿童读的。

我在成年之后，还常常读童话。每当烦心的时候，从书架上随手扯出的书，必是童话。比如安徒生的《海的女儿》，我就读过多遍，它也被翻译成"人鱼公主"。比较起来，我更喜欢"人鱼公主"这个名字。海的女儿，好像太阔大太神圣了些。人鱼呢，就显得神秘而灵动，还有一点点怪异。

大约八岁的时候，第一次读到人鱼公主的故事。读完后泪流满面，抽噎得不能自已。觉得那么可爱和美丽的公主，居然变成了大海上的水泡，真是倒霉极了。从此在很长一段时间内，看到了湖面上河面上甚至脸盆里的水泡就有些发呆，心中疑惑地想，这一个水泡，是不是善良的人鱼公主变成的呢？看到风把小水泡吹破，更是万分伤感。读的过程中，最焦急的并不是人鱼公主的爱情，而是最痛她的哑。认定她无法说出话来，是一生未能有好结局的最主要的根源。突发奇想，如果有一个高明的医生，拿出一剂神药，给人鱼公主吃下，以对抗女巫的魔法，事情就完全是另外的结局了。而且还想出补救的办法，觉得人鱼公主应该要求上学去，学会写字。就算她原来住在海底，和陆地上的国家用的文字不同，以她那样的聪慧，学会普通的表达，也

该用不了多长时间吧？比如我自己，不过是个人类的普通孩子，学了一二年级，就可以看童话了，以人鱼公主的天分，应该很快就能用文字把自己的身世写给王子看，王子看到了，不就真相大白了吗！

　　大约十八岁的时候，又一次比较认真地读了人鱼公主。也许是情窦初开，这一次很容易地就读出了爱情。她之所以能忍受那么惨烈的痛苦，是为了自己所爱的人。她忍受了非人的折磨，在刀尖样的甲板上跳舞，她是宁肯自己死，也不要让自己所爱的人死。这是一种多么无私和高尚的不求回报的爱啊！心里也在琢磨，那个王子真的可爱吗？除了长得英俊，有一双大眼睛之外，好像看不出有什么太大的本领啊。游泳的技术也不怎么样，在风浪中要不是人鱼公主舍身相救，他定是溺水必死无疑的了。他也没啥特异功能，对自己的救命恩人一点精神方面的感应也没有，反倒让一个神殿里的女子坐享其成。当然啦，那个女孩子不知道内情，也就不怪她。但王子怎么可以这样的糊涂呢？况且，人鱼公主看他的眼神，一定是含情脉脉，他怎么就一点"放电"的感觉也没有呢？好呆！心里一边替人鱼公主强烈地抱着不平，一边想，哼！倘若我是人鱼公主，一定要在脱掉鱼尾变出双脚之前，设几个小计谋，好好地考验一下王子，看他明不明白我的心？因为从鱼变成人这件事，是单向隧道，过去了就回不来的。要把自己的一生托付出去，实在举足轻重。不过，真到了故事中所说的那种情况——由于王子的不知情，没有娶人鱼公主，公主的姊妹们从女巫那儿拿了尖刀，要人鱼公主把尖刀刺进王子的胸膛，让王子的鲜血溅到自己的双脚上，才能重新恢复鱼尾……局面可就难办了。思来想去，只有赞同人鱼公主对待爱情的方法，宁可自己痛楚，也要把幸福留给自己所爱的人……

　　到了二十八岁的时候，我已经做了妈妈。这时来读人鱼公主，竟深深地关切起人鱼公主的家人来了。她的母亲在生了六个女儿之后去世了，我猜这个女人临死之前，一定非常放心不下她的女儿，不论是最大的还是最小的。她一定是再三再四地交代给公主的祖母——老皇后，要照料好自己的孩子，特别是最小的女儿。老皇后心疼隔辈人，不单在饮食起居方面无微不至地看顾孩子们，而且还给她们讲海面上人类的故事。可以说，老皇后一点也不保守，甚至是学识渊博呢。当人鱼公主满十五岁的时候，老皇后在她的尾巴上镶了八颗牡蛎，这是高贵身份的标志和郑重的成人典礼啊。当人鱼公主遇到了危难的时候，老皇后的一头白发都掉光了，她不顾年迈体弱，升到海面上，看望自己的孙女……我强烈地感受到了这位老奶奶的慈悲心肠和对人鱼公主的精神哺育。人鱼公主的勇气和聪慧，包括无比善良的玲珑之心，都不是从天上掉下来的，诸多得益于她的祖母啊。

　　到了三十八岁的时候，因为我也开始写小说，再读人鱼公主，不由自主地探讨起安徒生的写作技巧来。我有点纳闷儿，安徒生在写作之前，有没有一个详尽的提纲呢？我的结论是——大概没有。似乎能看到安徒生的某种随心所欲，信马由缰。当然了，大的轮廓走向他是有的，这个缠绵悱恻一波三折既有血泪也有波浪的故事，一定是在他的大脑里酝酿许久了。但是，连续读上几遍之后，感到结尾处好像有点画蛇添足。试想当年：安徒生很投入地写啊写，把这么好的一个故事快写完了，突然想起，咦，我这是给孩子们写的一个童话啊，怎么好像和孩子们没多少关系了？不行，我得把放开的思绪拉回来。他这样想着，就把一个担子压到了孩子们的头上。他在故事里说：你喜欢人鱼公主吗？猜到小孩子们一定说——喜欢。然后他接着说，人鱼公主变成了水泡，你难过吗？断定大家一定说——难过。那么好吧，安徒生顺理成章地说，人鱼公主变成的水泡，升到天空中去了，她在空中听到一个低低的声音告诉她，三百年之后，她就可以为自己造一个不朽的灵魂了。三百年，当然是一个很久很久的时间了。不过，幸好还有补救的办法，那就是——如果人鱼公主在空中飞翔的时候，看到一个能让父母高兴的小孩子，那么她获得不朽灵魂的时间就会缩短。如果她看到一个顽皮又品行不好的孩子，就会伤心地落下泪来，这样，她受苦受难的时间就会延长……我不知道安徒生是否得意这个结尾，反正，我有点迟疑。干吗把救赎工作，交给每一个读过人鱼公主故事的小孩子啊？是不是太沉重了？

　　现在，我四十八岁了。为了写这篇文章，又读了几遍人鱼公主。这一次，我心平气和，仿佛天眼洞开，有了一番新的感悟。这是一篇写灵魂的故事。无论海底的世界怎样瑰丽丰饶，因为没有灵魂，所以人鱼公主毅然离开了自己的亲人。她本来把希望寄托在一个爱她能胜过爱任何人的王子身上，那么王子就可以把自己的灵魂分给她，她就从王子手里得到了灵魂。为了这份与灵魂相关联的爱情，人鱼公主付出了自己所能付出的一切，她的勇敢、善良、舍身为人……都在命运燧石的敲打下，大放异彩。但是，阴错阳差啊，她还是无法得到一个灵魂。人鱼公主是顽强和坚定的，她选定了自己的道路就绝不回头，终于，她得到了自己铸造一个灵魂的机会。在一个接一个严峻的考验之后，在肉体和精神的磨砺煎熬之后，人鱼公主谁都不再依靠，紧紧依赖着自己的精神，踏上了寻找不朽灵魂的漫漫旅途。

　　这个悲壮而凄美地寻找灵魂的故事，是如此动人心弦，常读常新。有时想，当我五十八岁……六十八岁……一百〇八岁（但愿能够）的时候，不知又读出了怎样的深长？

绝望之后的
曙光

没有一颗
动物的牙齿
是雪白的

听过一个有趣的说法：牙齿是肾的花朵。

牙齿是否坚固，反映着一个人的健康状况，这千真万确。不过，关于人的牙齿应该是什么颜色的，还有一个小故事。

当年我做实习医生的时候，最害怕牙科。这经验可能来自小时疗牙的经验。牙钻一响，就像听到了地狱的门铃。我这个人有个毛病，就是看不得别人受苦，好像那苦楚就真切地发生在自己身上。这是当医生的大忌，医生应该是能够绝缘的。病人痛，自己不痛，才能有清醒的头脑和充沛的精力来诊病疗伤。我的感觉太过敏锐，看到病人流血，自己的脉管就一跳一跳地鼓胀，轻轻抽搐和痉挛。

好了，不说我的这点糗事了，还来说牙。

我鼓起勇气来到牙科，看到了一排一排的塑胶牙。我说，这些牙马上要镶到病人嘴里吗？牙科医生看着我说，这些牙只是一些坯子。我们要先让病人咬好牙印，然后看看哪颗牙合适，再做进一步的加工。病人还要反复试戴，完全合适了，一颗假牙才算彻底安装完毕（现在的镶牙技术，有了显著的变化。当年的边疆军队医院，用的是这种简单方法）。

我说，我给您做助手，帮病人镶牙吧。

这是当年那个年轻女实习医生的狡猾。待在镶牙室，比较少听到刺耳的牙钻声。逃开第一线，心安一些，反正牙科也不是主科目。见我懈怠，老师也睁一眼闭一眼，要求并不很严格。你想啊，哪个士兵到了战场上，还顾得上拔牙镶牙这等琐事？齿科，是一个在和平时期大有可为，刀光剑影中就悄无声息的科目。

我把整盘的牙齿摆在自己面前，摇晃着它们，好像老农观赏成熟的玉米粒。那边牙科大夫处理好了病人的口腔，常常会招呼我拿一颗牙过去，比量一下病人的肤色。因为牙齿要和肤色相配，就像发卡要和长发相配。当然了，也要和原来的牙列相配，不然好像运动鞋配西服，新兵混入了老兵的行列，会闹出笑话。

有一次，老医生让我为病人配一颗牙。那是一个文工团的年轻女子，因为磕绊，将一颗门牙损毁了，只有求助假牙。老医生为她挑选了一颗牙齿，放在一边，让她几天后来试戴义齿。

晚上，我到诊室拿东西，看到了那颗假牙。在灯光下，它黄得像玉米面结成的甲壳。我觉得那女子一定不会喜欢这颗黄牙。老军医年岁大了，忘了"明眸皓齿"这个词。年轻的女子，应该有珠贝一样雪亮的牙啊。我决定偷偷帮她一个小忙，就把那粒黄牙放回材料库，另为她选了一颗白亮亮的新牙。

老医生并没有发现任何异常，他精心磨砺着那颗我选出的牙，我不动声色地等待着年轻女子欣喜的那一刻。

终于，预定的时间到了。女子端坐在牙科椅子上，半仰着嘴，老医生把磨好的新牙栽到她嘴中，说，咬合一下，试试感觉。

女子摇晃了一下脑袋，张嘴闭嘴敲打着假牙，像啄木鸟一样叩着下嘴唇，半天才说，非常好，像我自己的牙一样灵活有力。

我听得满心欢喜。老医生却突然皱起眉说，不行，这颗牙你今天不能戴走。

女文工团员很意外，说，为什么？我今天晚上还有舞蹈演出，我终于可以笑了，前一段我只有闭着嘴巴跳舞。

老医生冷静地说，这颗牙齿不适合你。

女文工团员说，为什么呢？我感觉很般配啊。

老医生说，它太白了。很对不起，可能是我上次眼花了，没有配合适。耽误你用了，我很抱歉。

女文工团员失望地走了。我呆呆地站在那里，不知道说什么好。老医生从材料库里找出和第一次同型号的牙齿，开始再一次的打磨。他一边磨一边说，我从来没有出过这样的差错。我说，对不起，是我为她换了一颗牙。

老医生说，你是好意，我知道。可是，人的牙齿并不是雪白的。说牙齿像贝壳一样闪亮，那是形容词，你千万不能上当。人的牙齿，应该是七粒糯米和三粒小米磨成粉，混合在一起的颜色。那种亮得晃人眼睛的牙齿，是电影上玩的戏法，你不能相信。

那天老医生没有批评我一句，我却从此牢牢地记住了他的话。

化妆是什么呢？就是让红的更红，比如嘴唇；让白的更白，比如肤色；让黑的更黑，比如头发；对于牙齿，就让它更亮。这本是商业的需要，是表演的需要，因为借助了电视的魔力，走进了千家万户，不知不觉当中影响了我们的选择。

我问过老医生，是不是因为我们吃多了糖，还喝茶水，加上有人抽烟，所以牙齿才不再洁白？老医生说，这些因素都会影响牙齿的色泽。但牙齿天生就不是雪白的，不信，你去看老虎、猎狗、鲨鱼……

牧马图

它们不吃糖，不吸烟，也不喝茶，可它们的牙齿并不像贝壳那样闪光。从此，我看《动物世界》这一类的片子时，会特别注意野兽的牙齿。果然，没有一种动物的牙齿是雪白的。

雪白的牙齿只出现在人类的造假中，是牙膏商和化妆师的合谋。你可以欣赏那些被漂白的牙齿，它们是珍珠的朋友。请千万不要当真。

允许我把当年老医生的话再重复一遍：人的牙齿不应该白惨惨的，好像年画中的东北虎。人的牙齿应该有一点点微黄，像七粒糯米和三粒小米混在一起磨成粉铸造成的。

兴趣就像食物，越丰富越好

一位营养学家曾对我说，一个人每天摄入的食物，至少要超过十八种。我吓了一大跳，叫道：啊呀呀，那么多！肚子里岂不是要开成一个杂货店？营养学家说：人的成长发育就像建造一座大厦，需要各种各样的材料，比如砖瓦木料、油漆水泥、瓷砖钢窗、浴缸水管……在一个人小的时候，营养越丰富越好，才能保证身体健康，骨骼强壮，长成优良的体魄。

他的话，我思索了很久。从人的生理想到人的心理，如果说，一个孩子长身体的时候，食物越丰富越好，那么，在发展个人精神世界方面，也不应该偏食，需要从小培养起对世界广泛的兴趣。

小时候，我天性好动，每天到处跑来跑去，眼睛看到一个目标，脚步就不由自主地奔过去。眼光可比双腿跑得快多了，这样，人的重心就向前倾斜，接下来的事件就很可悲了，全身凌空飞起，一个大马趴，匍匐在地上。我对于"欲速则不达"这句话的体会，简直刻骨铭心。因为后面的事儿就不是到达目的地后如何满足好奇心，而是膝盖磕到地上，鲜血流淌，疼得直抽冷气。但这种凄惨的遭遇，并没有损耗掉我对未知事物的兴趣，只是以后慢慢地不那么毛躁了，眼睛在盯着目标的时候，也要关照脚下的路上是否有石子。

我喜欢语文，也喜欢数学。我觉得这两门功课都很重要，一种是说话的学问（我把写文章也放在广义的"说话"范围里，它指的是用笔把你心里要说的话，告诉别人），一种是计算的能力。人活在世上，离不开与人交流和科学技术两件大事，这就和语文算术密切相关。要是你连自己的意见都表达不清，就很容易引起别人的误会，这样，一来耽误时间，二来也会增加许多不必要的麻烦。至于数学是科学的奠基石，就不必我多说了。所以，对于必须掌握的功课，要从道理上明白它的重要性。兴趣和道理，像一对双胞胎，有时候，我们是先有了兴趣，才明白其中蕴涵的道理，比如瓦特发明蒸汽机。有的时候，恰恰相反，是我们明白了道理，才逐渐地培养起兴趣。

我十六岁的时候，被分配去当卫生员。当时我伤心死了，觉得自己好倒霉啊，一天尽和脓血病菌打交道不说，见到的人没有一个笑模样，都是唉声叹气愁眉苦脸的病秧子。心想这样干下去，用不了多久，肯定自己也得变成一副苦瓜脸。但是我从理智上知道这个工作还是很光荣的，一个人得了病，就是他一生中最需要人帮助的时候，谁能保证自己一辈子永远健康呢？在别人最需要的时候，能够为人家做一点事情，就应该竭尽全力。我强迫自己认真地学习医学知识，热情为病人服务，慢慢地就对医学有了兴趣，病人都爱找我看病，说我是个好医生，我后来一直当到了内科主治医师。在从事医学工作二十年以后，因为写作的需要，决定暂时不当医生了。脱下穿了几十年的白色工作服时，我的心里充满了一种难舍难分的眷念。我这才意识到，对医学的兴趣与热爱，已深深地融化在我的血液中。

人的兴趣也应该像吃饭一样，不挑食。世界是这样绚丽多彩，像一台大屏幕的彩色电视机。你要是把自己的兴趣局限得很小，就像一台小小的黑白电视机，它会限制我们的视野。

　　爱好大自然，应该是我们所有爱好中，最经久不息、永不褪色的选择。人类是自然之子，我们从自然中来，还要回到自然中去。自然教给我们很多书本上没有的知识，让我们感悟到生命的宝贵和时间的永恒。大自然会激起我们探索宇宙奥秘的信心，会荡涤我们在城市中变迟钝的神经。会使我们变得善良宽容，与世界上的万物和平相处。

　　人的兴趣像一种奇怪的竹子，会在某个特定的时候，猛地蹿出坚硬的土地，新生的笋芽见风就长，如果有了合适的水土，就会蓬蓬勃勃地指向蓝天，长成一竿笔直的翠竹。记得那时我上小学五年级，读了一些天文学的书，突然对辽阔的星空产生了强烈的好奇，每个晴朗的晚上，都仰着脖子，在城市明亮的灯光缝隙中，吃力地辨认着天上的星座，甚至希望自己也能发现一颗偶然闯过的小星，会以我的名字命名……我甚至给当时的北京天文台台长写了一封信，向他请教一个很专业的天文学问题，那是我从一本天文学著作中看到的一个迄今未解决的天文疑案。我每天都到学校的传达室，焦急地询问有没有我的信，但是很可惜，直到我小学毕业，也没有收到台长的回信。我临离开学校的最后一件事，就是嘱咐看门的老大爷，要是有了我的信，可千万要告诉我啊。我始终没有收到印着"北京天文台"字样的信封（它不止一次在我的睡梦中翩翩飞来，信封是蓝色的，台长的字迹很大，可就是看不清写的是什么，真急死人），不过，这一点也没使我灰心，我下定决心，长大后投考大学天文系，亲自探索宇宙的秘密。要不是后来爆发了"文化大革命"，使我们这一代人都失去了上学的机会，我一定会梦想成真。我一直保持着对自然科学浓厚的兴趣，可能和小时候的这段经历有关。

就像自然界存在着生态平衡，各种营养素之间需要互补一样，人的兴趣越是多样化，越能开阔我们的眼界，融会贯通，使我们心明眼亮，反应机敏。比如你热爱电子计算机，就要涉及软硬件等许多领域，它促使你读外语、查字典，学习更多的科学技术。如果你热爱集邮，小小的方寸之地里，有纵横古今驰骋八方的知识。如果你对体育有兴趣，它除了送你健康的体能和高超的技巧以外，还会锻炼你的友善与合作精神。如果你爱好的是书法和绘画，那更是在文化和艺术的大海里游泳了……

一个人在少年时代，应该努力培养自己多方面的兴趣，尽力开拓自己的潜能。因为每个人都是与众不同的个体，一定有一粒自己特别爱好、特别感兴趣的事物的种子，埋在我们的心底。有的人寻找一生，也不知道自己到底爱干什么，怎样才能干得更好。真正的兴趣，或许像一只狡猾的小狐狸，潜伏在草丛中睡个不醒。只有广泛爱好这张巨大的网，铺天盖地般罩下来，才有可能把小狐狸捕获，让我们受益终身。

爱因斯坦说过，爱好是最好的老师。我对这句话的理解是——人凭着责任心，是可以把自己不爱好的事干好的；但人若是干自己爱好的事，再加上责任心这副强有力的翅膀，他就会干得更出色。而且这个充满乐趣的工作，会使他满怀创造性劳动的自豪感，取得更好的成绩。

我从小就喜欢作文，那时并没有想到以后要当作家，只是觉得语言是一种很有趣的东西，可以把心里想的念头留在纸上，不管多长时间以后，只要你重读到这些文字，以前的感觉就十分神奇地复活了。后来我当医生，很想使自己忘掉对语言的这种热爱，因为一个医生只要服务态度好，能对病人把他患病的情况，深入浅出地解释清楚，也就说得过去了。但是我真的无法放弃对语言的这种关注，包括我写病历的时候，在力求精确迅捷的前提下，也总忘不了来一两个形容词。后来，当我终于有机会在写作和医学之间做一个选择的时候，我知道继续做医生对我来说，是很保险很轻车熟路的事，而写作则是崭新的挑战。我很为难。

半夜醒来的时候，我对自己说，你是更喜爱医学，还是更喜爱写作呢？

我听见自己的心灵在回答，我更喜爱写作。

我听从了自己的兴趣和爱好。写作使我很辛苦，但也使我很快乐。"爱好"不单成了我的老师，简直就是我的军师了。

爱自己是
终身浪漫的开始

我们常常过多地把眼睛注视着别人，

而自己则在不知不觉中失落着最宝贵的东西。

人的生命是一根链条，我们每个人都有自己的位置，

它是一宗谁也掠夺不去的财宝。

你是否为女作家羞愧

"你是否为女作家羞愧？"

这是听众递来的一张纸条，写在函数纸裁下的边角料上，笔迹飘逸。内容大意是——世界上最大量最优秀的作家是男性，比如萨特、卡夫卡还有米兰·昆德拉。名作中最优美最感人的女性艺术形象，比如黛玉、杜十娘，加上安娜·卡列尼娜……也是男作家创造的。身为一名女作家，你是否感到羞愧？

这是我在演说中，遇到的最尖锐最富有挑衅意味的问题。我慢慢地念着纸条上的每一个字，过道里原本壅满听众，水汽腾腾的，那一瞬静得空谷幽人。

不知为什么，我突然有种"文化大革命"中批斗会的感觉，好像令"牛鬼蛇神"如实交代罪行。此联想当然荒谬，便竭力驱逐，宁静片刻后说，在回答这个纸条之前，我先问大家一个问题。依你们的感觉，中国现有多少女作家呢？

台下是预料中的冷场。我说，难为大伙了，很抱歉。首先需要限定条件，如何确认谁是谁不是作家呢？可能有多种游戏规则，我们姑且以中国作家协会的正式会员为准。当然，这条标准很机械。也许有极辉煌的大师，藏之旷野，尚未加入此协会而被遗漏。但现在只能做一粗糙界定，以便继续下面的讨论。我向同学们提供数字，中国作家协会目前约有五千名会员。现在回到开端——请大家凭印象，比如脑海中此刻记得起的女作家姓名、她们的作品名称，流传范围以及波动幅度……或者干脆就是模糊数学朦胧想象，随心所欲地发表一下对女作家数量的基本判断。不必具体数目，百分比即可。

短暂安静，然后嘈杂，窃窃私语，最后大哗。我说，各种猜想都可宣布，腼腆的人可写条子传上来，由我代为宣读。胆大的最好在座位上举手示意，站起身高声公布，让所有人听到你的声音。

不愧是有优良传统的北大，男孩女孩稚气而果决的嗓门，此起彼伏震荡耳膜。中国作协女会员的比例数字，犹如一个优秀体操运动员的高难动作，得分不断攀升。百分之三十起叫，很快达到百分之四十、百分之五十、百分之六十……

还有更高比例吗？我像一个负责的拍卖师，目光巡视全场。

百分之六十五，角落里的女孩很坚决很豪迈地发表意见。

好，很好。我满意地重复了一遍她的猜测，然后说，还有更新更高的数据吗？

冷场之后，几名男女同学像小合唱一般齐声说，百分之七十。

好了，该揭锅了。我刚想把正确答案说出来，几乎就在主席台眼皮底下，站起一名男青年，一甩头发，愤愤地吼道：百分之八十！

大家哄地笑起来，不单是因那数字的夸张膨大，更为潜伏声音中的恼怒与无可奈何。

我做了一个双手下压的动作说，同学们，刚才我们听到了从百分之三十到百分之八十这样幅员辽阔的比例，每个人都希望自己猜得对。可惜我不是运动裁判，去掉一个最高分，去掉一个最低分，然后平均，就是正确答案——因为你们所说的所有比例，都太乐观。

中国作家协会女会员的比例，大约占总数的百分之十二。

长时间的寂静。

我说，谢谢同学们的回答，它是褒奖，证明中国的女作家，干得还不错。试想以百分之十二对百分之八十八，几乎是以一当九，能在你们学子心中得此佳绩，作为从事写作的女人，不该感到惭愧了。

我说，还有一点想提醒同学们，当你们走出燕园，偌大世界，便可看到很多不良刊物堆砌地摊。暴力色情，污人眼目。我常常想，这种刊物书籍的作者，有多少是女人呢？因为没有具体的统计数字，只能凭直觉判断。我以为那种诲淫诲盗读物的炮制者中，女性很少。可能武断了一些，但无大误。同学们如果分析过那些作品的写作风格（姑且把那种写法也称为风格），想来会赞成我的基本判断。

如果某种性别在某个行业的从业人员比较少，生产出的好产品和影响比较大，坏产品又几乎没有，应该说她们的活计干得不错。

底下同学们的情绪，岩浆般活跃起来，特别是女生。我却神色转黯道，不知同学们是否注意到，中国的女作家，大抵集中在沿海和大城市，真正来自农村的极少。而男作家出身乡土的很多，比如贾平凹、莫言、刘震云……还可以开列出一长串杰出的名单。我不相信在中国广大的农村，缺乏禀赋优异的女性。但严酷的现实是，女孩子从生命伊始，就处于竞争的颓势。比如一位母亲，膝下有一双儿女，生计贫寒，只能供一个孩子读书。我想，她极有可能会毫不犹豫地停了女儿的功课，让儿子继续求学，尽管女儿也许比儿子更聪明勤奋。试问谁能测出，在贫苦和愚昧中，有多少优秀女性的萌芽，连初级教育都无法完成，便被生存的窘困绞杀？如果真要追究谁该为此羞愧的话，我以为应有更深广的历史和现实因素。

笼罩全场的沉默格外持久。最后我说，作为以写作为职责的女性，我谢谢同学们的关切。你们使我感到了巨大的责任，同时这责任也担负在你们肩上。

王妃的耳环

因为柔软，
所以更需要
智慧

　　不论男性还是女性，每个人都有一个自己发现自己、认识自己的过程，它伴随着一个人成长的全过程，也随着每个人的成长而深化。我到北师大读心理学，就是想更好地了解人、了解自己。我觉得，人如果能把自己搞明白，会是件很有意思很好玩的事。作为女性，更要了解自己，发现自己。通常，人说"人贵有自知之明"，都是说要明白自己的不足之处。而我认为，女性不光要了解自己的缺点，更要了解自己的优点、自己的特点，这才真的"珍贵"。

　　我做过医生，对女性的生理比较了解。男女生理上最大的不同是生殖系统的不同，但这种不同并不从根本上决定性别的优劣、强弱。我觉得男女的差异主要体现在社会性别上。我在西藏当兵的时候，我们司令员曾特别惋惜地对我说："你要是个男的就好了。"我问为什么，他说："你挺能干的，我想提你当参谋，以后还可以当参谋长，可惜你是个女的，这就没有一点办法了。"这是我长大成人后第一次鲜明地意识到男女性别上的不平等。现实中，女性在权利、义务、文化、尊严等方面与男性是有很大差距的，女性在社会上的声音总是很微弱，这是和人类社会的发展过程息息相关的。古时候人们要打仗，丈二的长矛，女的就是拎不动。而现在，坐在电脑前，男女都一样，而且女的输入得可能还更快。人类的科技进步，为推动男女平等提供了基础，男女因为生理原因导致的不平等是可以渐渐被淡化的。

我发现我们女性和男性的差异，主要是由文化上的原因造成的。比如，严父慈母大家都觉得很正常，但如果一个家里是严母慈父，大家会觉得有点例外。其实，慈、慈悲，是男女共有的品性，不是女人的专利。最近我看一位作家写的文章，说更年期本是人的一个正常的生理过程，但人们说起时会认为它包含一种贬义。这里头就有非常多的文化因素。在大学听我做报告的女学生特别多，从她们的眼神中我知道她们在思考，可到自由提问的时候，通常第一个站起来的总是男生。从我们的文化上讲，一个女孩子总要先看看别人讲什么，这么站起来会不会冒失啊，又担心自己的问题会不会太幼稚啦，实际上是一种文化在压迫着她。从某种程度上说这是女性的"自动放弃"。人是生而平等的啊。平等不是等出来的，是自己做出来的。这种"文化上的压迫"存于心间，即使平等已经到来了，女性自己心里还觉得不平等，那么，这种平等就不能真正地到来。

女性要学会思考，真正成熟起来。女性心理成熟和自身的阅历在一定程度上相关，而这种阅历只是一种成熟的土壤，成熟则需要智慧。比如一个女人经历了失败的婚姻，上一次她找了一个比自己强的失败了，这次就去找一个差的，最后她可能结了四次婚，还是失败了。阅历没有上升成为智慧，没有思考，失败可能还会重复，而并不能使她真正的成熟。我常常看到鸟儿一根一根地叼来树枝，千辛万苦也要给自己搭一个窝，我想，它们也是需要一个家，需要一种安全感。人也一样，只是女性在体力上没法跟男性比，所以，才对安全感要求更高。她们更需要男性的责任感，更需要关怀和呵护，这种需要是正当的。外在的柔软并不意味着女性就是弱者。在面对困境和生命挑战时，男女采取的方式可能不同，但克服困难的本质是一样的。女性凭借自己内在的力量能够赋予自身生命的意义、人格的尊严。她们在挑战自我的程度上，在承担社会责任的能力上，是和男性相同的。

女性对自身的了解和认识，包括她对自身生命意义的认识。女性到底是为谁活着？很多女人视孩子和丈夫超过自己的生命，以他们为自己生存的意义而忽略了自己。丈夫孩子无疑是值得女人为之付出的，但并不是女人自身或全部。我们说世界上没有相同的两片树叶，生命属于女人自己，女人应该是她自己，应该为自己活着。不少女人在失去丈夫时觉得自己没法活下去了，在孩子不在身边后突然觉得生活空空荡荡没了着落。漫长的岁月里她们总是在等，等孩子的长大，等丈夫的闲暇，当这些都等到时，才发现自己已经衰老，已经远离了自己原本想干的事。每个人应该对自己负责，女性如果把自己生存的意义完全寄寓于对方，寄寓于别人对自己负责，这对男人也是不公平的。

女人因为柔软，所以，更需要智慧。情感充沛是女人天性的特点，但不应该是女人的弱点。情感是好东西，女人怎么能没有情感呢？只是女人在付出情感时需要判断对方的真假，付出情感后还要保持与男人发展的同步。当然，这种同步不一定是事业上的，而是精神上的同步、精神上的成熟。女人在工作、家庭中的角色本身也是在发展变化中的。一劳永逸是不行的，坐等十年，智慧也是等不来。智慧不是来自于外界，而是女人自身的修炼、内在的积累。智慧的女人给人的感觉会是宁静的、平和的。

如果我有一个女儿（我有一个很会自己拿主意的儿子），我不预期她将来干什么，我会让她自己去经历成长，我希望她去读更多的书，希望她在智慧上更胜一筹。我相信，读书会开启女性自身的智慧。平等的受教育机会对女性是非常重要的。

从女性的特点来说，女性敏感细腻，更容易感受幸福。幸福对每个人的定义是不确定的。我在感到自己有力量的时候，有一种幸福的感觉。这种"有力量"不是指别的，而是我能感知美好的东西，我有能力决定自己的生活。

由从医到写作，是因为写作让我觉得愉快，让我了解人，了解自己，发现自己。我没有理由去做让自己不愉快的事。生命有不可预见性，生活多么新奇，能让我不断地要向前走，不断地进步，我感到很高兴。我想，所有的女性都一样，如果能真正地了解自己，能有智慧，做自己能做好的事，那么，幸福就在不远处。

假如酋长是女性

假如远古时代，有两个部落，为了一口水井，引起剧烈的争执，到了剑拔弩张、一触即发的关头，怎么办？

假如酋长是男性，肯定热血喷涌，气贯长虹。年轻的男子聚集在他的身边，呼啸着，奔腾着，摩拳擦掌，械斗很可能在下一秒钟爆发，刀光剑影，血流成河……

男性依据自身强壮的体魄，更相信横刀跃马得来的天下，更相信枪杆子里面出一切的真理，崇尚一斗定乾坤。

假如酋长是位女性，事态将会如何演变？

她也许首先会被即将到来的惨况，吓得闭紧了眼。她是繁殖和哺育的性别，当生命即将受屠戮的时候，她感到灵魂被锋利的尖刀镂空，锥心刺血的疼痛。

我们还有没有其他的办法，可以避免这场生命的搏杀？不就是为了一口水井吗？里面流动的液体，一定要用鲜血换回？孩子们，难道已经到了以血为水的地步？透明的清水比滚烫的鲜血更为宝贵吗？

她苍老的双手伸向黑暗的苍穹，仿佛要在虚空中抓住一条拯救人们的绳索。

让我们先不要忙着用血去换水，我们避开他们，再挖一口水井吧，女酋长软弱地退让，人血不是水，让我们用劳动换取和平。

人们不甘心地服从着，将地掘出很多深洞，但是，除了原有的井，新的窟窿里干燥得如同沙漠。

人们聚啸起来，隐隐的不满野火一般燃烧。这个女人让我们示弱，让我们劳作，却一事无成。

女酋长敏锐地觉察到了动荡的情绪。但她毫不理会众人的怨恨，继续指示说，让我们出去寻找，双脚走遍每一座险峻的山峦，眼光巡视过每一条隐蔽的峡谷，手指抚摸到每一处潮湿的土地，看是否还能寻觅一眼可以和水井媲美的清泉？让我们尽一切努力，将和平维持到最后一分钟。

没有，哪里都没有新的水源。千辛万苦无功而返的寻水人仰天长啸。

那我去同邻居部落的首领商量，是不是可以研究出一个折中的方案。每家分别用一天水井，合理地分配资源，用公平来尝试和平？女酋长撕扯着自己的头发，低垂着沉重的头颅。她并非不珍惜自己的尊严，但和尊严同等重要的，是人的生命。

对方部落拒绝了共同使用水井的建议，战云又一次笼罩上空。

仗到了非打不可的时候。假如是男酋长，怒发冲冠，铁马金戈，振臂一呼，兄弟们就冲上去了。血肉横飞，白骨嶙峋，杀一个天昏地暗，血与火的本身，就是惨烈的过程和最终的结论。

女酋长在这千钧一发的机会，依旧犹豫彷徨。她扪心自问，是否已尽到了最大的努力，避免战争？是的。她流着泪对自己说，心在泪水中渐渐泡得坚硬起来。

如果一定要刀兵相见，那就来统计一下，我们将要流出多少鲜

血？是一盆血？是一桶血？还是一缸血？甚至是一个血的湖泊血的瀑布血的海洋？一定要将那血量尽可能地减少，哪怕多保存了一滴一缕也好，血液是制造生命的原料。

女酋长掐指计算着，在即将进行的战争中，有多少妻子将失去丈夫？有多少母亲将失去儿子？有多少孩子将失去父亲？有多少家庭将不复存在……女酋长的心凄楚地战栗着，发布作战命令的手高高抬起，又轻轻放下，如是者三。

征集担架，组织救护，战争进行到哪里，医生就要追随到哪里，尽最大的努力减少牺牲，尽最大的努力争取和平……女酋长做好了种种准备之后，艰难地吹响了决斗的号角。

女酋长一方胜利了，人们围着被血水簇拥的水井载歌载舞，许多人的狂欢中流下眼泪，凝结成冰晶，他们的亲人，永远地走向了远方。

女酋长望着人群，挥之不去的念头盘旋胸间。这块土地底下，真的只有一口井吗？井水真的比生命还要宝贵吗？对方部落的人失去了水源，将如何度日，如何生存？

胜利之后的女酋长，脸上没有笑容。

这就是一个男酋长和一个女酋长之间的不同。这种不同，从上古时代就一直流传下来，源远流长直到今天。

这是我在联合国第四次世界妇女大会上，听一位黑人妇女讲的故事。她反复强调一句话：学会用女性的眼光看世界。

为什么是我

　　我会见全美癌症康复中心门诊部的吉妮赖瑞女士。她说，我们这里有各式各样的癌症资料，你对哪些方面最感兴趣呢？我说，因为我自己是女性，所以我对女性的特殊癌症很想多了解一些。吉妮赖瑞说，那我就向你详细介绍乳腺癌中心的工作情况吧。在美国，1999年，共有新发乳腺癌病人十八万二千八百人。每个病人的手术费用是一万美元。政府对四十岁以上的乳腺癌病人，每人提供七百五十美元的资助。

　　乳腺癌是严重危害妇女健康的杀手，是第二号杀手，危害极大。

　　听着吉妮赖瑞女士的介绍，我叹息说，身为女性，真是够倒霉的了。因为你是女的，因为你的性别，你就要比男人多患这个系统的疾病，而且还不是一般的病患，一发病就这样凶险。

　　吉妮赖瑞说，是啊，没得过这个病的人都这样想，那些一旦得知自己患了乳腺癌的妇女，她们内心所受的惊恐和震撼，是非常巨大的。除了人最宝贵的生命受到了威胁以外，即使度过了急性期，也还有许许多多的问题摆在面前。有一些癌症，比如肺癌、胃癌，做了手术，除了身体虚弱，从外表上看不出来。但是，乳腺癌就完全不一样了。即使手术非常成功，由于乳腺被摘除，女性的外形发生了极大的变化，曲线消失了，胸口布满了伤疤，肩膀抬不起来，上臂水肿……她会觉得自己不再是个女人了，她不能接受自己的新形象。她的心理上所掀起的风暴，其猛烈的程度，是我们常人难以想象的。乳腺癌的病人，假如发现得较早，术后一般有较长的存活期，她们面临的社会评价、婚姻调试、就业选择等问题，就会有更多特殊的障碍。也许她这一时想通了，但一遇到风吹草动，沮丧和悲痛又把她打倒了。还有对复发的恐惧，化疗中难以忍受的折磨，头发脱落青春不再……

所以，我们专为乳腺癌病人办的刊物的刊名就叫——《为什么是我》。

为什么是我？

我轻轻地重复着这个名字。初一听，有点儿不以为然。觉得不像个刊物的名称，不够有力，透着无奈。但又设身处地一想，假如我得知自己患了乳腺癌（我猜大多数人一定是从检验报告中得知的，那一瞬，恐怖而震惊），面对苍穹，发出无望的呻吟和愤怒的控诉，极有可能就是这句凄冷的话——为什么是我？

我说，你们这个刊物的名字起得好。这使那些不幸的妇女，听到了一声好像发自她们内心的呼唤。

吉妮赖瑞说，是啊！孤独感是癌症病人非常普遍的情绪。现代人本来就很孤独，你若得了癌症，更感到自己是世界上最倒霉的人，觉得别人都难以理解你。特别是女性，那一刻的绝望和忧郁，可能比癌症本身对人的摧残更甚。我们首先要帮助病人收集有关的资料，让他们尽快地得到良好的治疗。当然，我们也会推荐她们多走访几家医院，多看几位医生，听听各方面的意见。如诊断无误，就及早做手术。在疾病的早期，信息的收集、沟通和比较，是非常重要的，我们的工作主要集中在这方面。当病人一旦进了手术室，我们就转入下一个步骤。也就是说，当患病的妇女乳房被切掉的那一刻，我们的志愿者就已经等在手术室的门外了。

患病的妇女从麻醉中醒来，都会特别关注自己乳房的情况。这时，我们组织的受过专门训练的护士，开始为她们服务。待到病人们的身体渐渐康复，下一步的心理和精神支持就变得更加重要了。

我们的癌症看护中心是一个有着五十六年历史的机构，和各个医院都有很密切的联系，可以及时得到很多情况。我们还在报上发表征友启事，建立起乳腺癌病人小组。从我们的经验看，小组的分类越细致越好。乳腺癌本身就有各种分期，早期、中期、晚期……各期病人所遇到的具体困难和对生命的威胁以及其他相关问题，每个人考虑的轻重缓急是不一样的。还有年龄的区别，一个二十多岁的白领女性和一个七十多岁的贫民老妪，忧虑的问题显然也是不相同的。所以，经过广泛的征集，我们建立起各式各样的乳腺癌康复小组。比如新发的或是复发的，比如有孩子的母亲和还是独身的女性；比如是离异的还是未婚的；比如乳房修复成功的或是不很成功的；比如有乳腺癌家族史的和没有家族史的；比如同是非洲裔或是亚洲裔……

特别是在长期存活的乳腺癌病人当中，遇到的问题就更是常人所不曾遇到的。比如未婚或是离异的乳腺癌病人，是否会结婚或再次结婚？何时交友较为适宜？再婚的风险性如何？怎样与男性约会？在交往的哪一个阶段告知男友自己的乳腺癌病况……

这一番介绍，只听得我瞠目结舌。以我当过医生的经历，想象这些都不是很困难的事情，但最关键的是——我从来也不曾考虑过这些问题。我相信自己在医生当中，绝非是最不负责任的，但我们当医生的，即使是一个好医生，也只是局限在把病人病变的乳房切下来，没有术后感染，我的责任就尽到了。病人出院了，我的责任也就终结了。至于这个病人以后的生活和生存状态，那只有靠她自己挣扎打斗了。有多少泪水曾在半夜湿透衾被？有多少海誓山盟的婚姻在手术刀切下之后砰然而断？

身为女性，身为医生，我为自己的粗疏和冷漠而惭愧。我由衷地钦佩这家机构所做的工作。疾病本身并不是最可怕的，世界上没有一种原因，可以直接导致人的苦闷和绝望。可怕的是人群中的孤独，是那种被人抛弃的寂寞。癌症使人思索很多人生的大问题，它可怕的外表之下，是一个坚硬的哲学命题。你潇潇洒洒随意处置，曾以为是无限长的生命，突然被人明确地标出了一个终点。那终点的绳索横亘在那里，阴影紧迫且已经毫不留情地投射过来。人与人的关系，在这天崩地裂的时候，像被闪电照亮，变得轮廓清晰对比分明。灾难是一种神奇的显影剂，把以往隐藏起来的凸显出来，模糊的尖锐起来，朦胧的变得锋利，古旧的娇艳起来。在这种大变故的时候，人是孤单的，人是渺小的，人是脆弱的。

中国有句古话，叫作"人生得一知己足矣"，又说"同病相怜"。我觉得癌症康复中心小组的精髓，就体现了这一点。在茫茫人海中，把相同的人挖掘出来，是一项伟大的工程。也许你正躲在暗处哭泣，但走进一间明亮的房间，你看到一百个和你同样的人，同样的病症，同样的经历，同样的苦恼，然而她们正在微笑，这本身就具有多么大的喜剧意义啊！

这是一个朴素的做法。凡是具有穿透人心的魔力的事件，本身都是朴素的。人们相濡以沫，勇气就在相互的交往中，发酵着、膨胀着，汇成强大的力量。

我谢谢吉妮赖瑞女士的介绍，又从癌症康复中心取了厚厚的材料，我想在不远的将来，我们也会建立起这样的机构。

论文、小网和乡村记忆

灯下，写关于中国当代文学的论文，论青年女作家的构成及创作走向。繁复的资料像麦秸垛湮没着我的思绪。之所以选择了这个题目，主要是为了蒙混过关。

我从众多的资料当中挑选出翔实可靠的，把每一位女作家的出生年月、籍贯、双亲文化水准、个人经历、学历、婚姻恋爱史、发表处女作的时间、创作的题材领域和基本风格等等，综合了一张庞大的表格，把大家分门别类地统计在上面，像国民生产总值的计划图表。

我在杂芜的材料中艰难地挺进。那个答案——或者说是论文的观点，像礁石似的渐渐露出海面。

我突然看见一个女孩，瘦瘦高高地立在我的稿纸上。因为肤色黑，她的牙齿显得格外白，微笑着注视着我。

她，是我姥姥那个村的。

我的父母都是农村人。早年间，他们出来当兵，在遥远的新疆生下我。我半岁的时候，父母东调入京，我也就跟着成了一个城里人。

我五岁那年，妈妈领着我回老家去看姥姥。这是我第一次系统地接触农村。农村的小姑娘围上来，问我城里的事。我做了生平最初的演讲。

你们的房子可真矮！我家在城里住楼房。我说。

什么叫楼房？为首的小姑娘问。她黑黑高高瘦瘦，大约九、十岁的样子，叫小网。

我傻了，我不知道怎样准确地描述楼房。吭哧了半天之后我说，楼房就是在房子之上再盖一间房子。

大伙一通哄笑。小网闪着白亮的牙齿对我说，这是根本不可能的。房子之上不能再盖房子。

看着她斩钉截铁的样子，我开始怀疑自己的记忆。主要的是我看出她是孩子们的头，我要是不同意她的观点，就甭想和大伙一块玩了。

她们接纳了我。

结论一：**女作家个体多出自高级知识分子家庭，其中大文学家、大美学家、大艺术家的直系后裔，约占四分之一。呈现明显的人才链现象。**

咱们今儿上坡去。小网说。

我们老家处在丘陵地带，把小山叫作坡。

我在坡上第一次看到花生秧，觉得叶子精致得像花。小网说，你给咱看着点人，咱扒花生吃。

在这之前，我所见到的花生都是躺在柜台里的粉红胖子，不知道它们埋在地里的时候是一副什么模样。我对这个建议充满好奇和恐惧。我说要是人来了，叫人抓住了可怎么办？小网说，你就大声喊我们。她又对大家说，花生带多带少不是最要紧的，主要是不能叫人抓着。要是万一有人来了，大伙就朝四散里跑。要是往一个方向跑，还不叫人一抓一个准！她又格外叮咛，有人追的时候，就在树棵子里绕圈，他就抓不住咱啦！

我当时愣愣地看着这个黑黑瘦瘦的女孩，心中充满崇拜。即使在许多年后的今天，我仍然看见她站在蓝绿色的花生秧里，智慧若定地说着这些令人害怕的话。海风把她稀疏的黄发刮得雾似的飘起，有几根发丝沾在嘴角。她用火焰似的小舌头拨起，继续说话。

开始干活了。小伙伴们拎着花生秧，利索地豁开地皮，像提网兜一样把潜伏在底下的花生果一网打尽。我吃惊地发现花生并不像商店里卖的那样规格统一，而是个头悬殊。运筹帷幄的小网犯了一个致命的错误，就是不该把瞭望哨的重担交给我。

过了一会儿，我一抬头，哎哟我的妈呀！一个彪形大汉在距离我们很近的地方，张着磨扇一般的手说，这是谁家的孩子！就这么大天白日地偷！

快……快跑呀……我发出最后的警告并身体力行。

大家按照事先的周密计划，四处逃窜。

我不知道那个大汉为什么在众多的偷盗者里单单追击我。也许是因为我率先逃跑，移动的物体更易引发注意。

他很胖。我往山上跑。我不知道自己为什么选择了上山，可能是那么急切地往山下跑，非一个跟头栽下去不可。我个小灵活，正确的战术居然使我们之间的距离渐渐拉开。这时面前出现了一片小树林，我记起了小网的话……

结论二：女作家群体都受过良好的高等教育，大学本科以上学历的约占百分之七十。作家的学者化是不可逆转的总趋势。

我开始绕着树跑，决定把这个胖子甩到看不到的远方。我绕了一棵树又一棵树，力求每一个圈都完美无缺。当我气喘吁吁地绕了最圆的一个圈以后，我看见彪形大汉像泰山似的立在我面前。

你是谁家的？他问。

我是我姥姥家的。我很悲壮地说，既然被抓住了，就敢作敢当。

你姥姥……噢，你是跟你妈回娘家。说说吧，你妈叫什么名字？

我只好告诉他。他兀自嘟囔了两遍，嘴巴还动了一动，好像把这个名字咽到肚里去了。

好了，你走吧。他说，自己先走了。

我呆呆地站在荒漠的坡上，第一次感觉世界如此恐怖凄凉。我知道自己把妈妈给出卖了，不知道什么厄运在等着我可爱的妈妈。

小伙伴们像幽灵一样从一棵棵树影背后闪现。她们静静地望着我，把狂奔之后残余的花生果捧给我。

不吃不吃！我烦躁地把花生打落在地。你们刚才到哪里去了？为什么不来救我？我质问。

小网走过来。我说，都怪你，怪你！你让我围着树绕，我绕了，结果被抓住。

她叹了口气说，那也得看该绕不该绕啊！

我说，你赔我妈妈。

她沉吟了一会儿，说，其实你妈妈没事的。他把家里大人名字记了去，是打算秋后罚款。你们过些日子就回北京去了，他到哪里去罚你妈！

我说，要是我家还没走，他就来罚钱，可咋办？

小网极有把握地说，不会的。平日里大伙都没有钱，他可罚得到什么?

我长长地吁了一口气。小网把兜里的花生掏给我,说,就着熟地瓜干吃,有肉味。

我吃了一口嫩嫩的花生果,满嘴冒白浆。又赶紧往舌头上搁了一块小网给我的熟地瓜干。确实品出了一种奇异的味道,但我敢用我五岁的全部经历打赌:肉可绝对不是这个味。

她们离肉已经太远,肉在记忆的无数次咀嚼中变质。

好吃吗?女孩们目光炯炯地望着我。

不好吃!我大声地响亮地回答。

我看见小网深深地低了头。那块地瓜干是她好不容易从家里偷出来的。

面对稿纸,我对那时的我仇恨刻骨。儿童的直率有时是很残忍的东西。有一天小网对我说,我要上学去了。我就赶快跑回家对妈妈说,我也要上学。妈妈说,你才五岁,上的什么学?再说咱们马上就要回北京。

我说,我要上学。

妈妈只好领着我去学校,除学费之外,多交了几块钱,说请费心,权当是幼儿园了。

教室里总共有三块木头。两块钉在地里当桩,一块横在上面做桌面。每人从家里带个蒲团,就是椅子了。

结论三:女作家的个人感情经历多曲折跌宕,婚姻爱情多充满悲剧意义。她们的作品就是她们的心灵史。

在大约一个月的学习时间里,我似乎没有记住一个汉字,好像也没有学会任何一道算术题。在记忆深处蛰伏的只有两件事。一是我学会了一首歌，就是"高高的兴安岭，一片大森林……"一是小网的学习非常好，几乎每天老师都要表扬她。

有一天小网把我拉到一旁，愧疚地对我说，以前我把你说错了。

我大为好奇，说什么错了？

小网说，你看，说着把书翻到了很后面的一张。

我大惊失色，说这还没有学呢，你就能认了！

她说，也不全能，凑合着看吧。不说字了，咱看画。

我说画怎么啦？没什么呀！

她说，你看那房子，双层的。这就是你说的楼吧。你比我小，可你见的比我多。我以后也要到外面去。

后来我回北京了。有时见到楼房，就会想到小网。轮到妈妈给老家写信时，我就说，问问小网。妈妈说，小网好着呢，问一回也就得了吧，怎么老问？信是你姥姥托人写的，人家可不知道什么小网！

等我自己学会写信了，我就给小网写了一封长信。信里说，我到同学家里看了电视（那是 1964 年的事，电子管的电视还很稀罕）……妈妈看到了我的信，说你跟人家说这个干什么？小网能知道什么是电视吗？你这不是显摆吗？

我想小网一定是愿意知道电视的事情的。我绝没有显摆的意思，只是想把最新奇的事情告诉小网。不让写这些，我又写些什么？

我把信撕了。

后来老家的人来信说小网结婚了。嫁给一个东北人，到寒冷的关外去了。人们说小网黑是黑，可是中看，要是一般人，还嫁不出去呢！后来听说她回过家，拉扯着一溜的孩子，右胳膊叫碾机给绞断了，只剩下左手。大伙说别看小网一只手，比两只手的媳妇能干，一只手能转着圈地擀饺子皮。有好事者说，一只手能包饺子俺信，可怎么擀皮？人们偷偷地说，小网包饺子的时候，把案板搁炕上。人站在地上，歪着头，用下巴颏压着面剂子，一只手擀得飞快。只是她包饺子的时候不叫人看，觉得自己那时候不美。

我写下了论文的最后一条结论：

迄今为止，中国当代青年女作家群体中，尚没有一位是来自最广阔原野的农村女性。同当代青年男作家结构构成相比，具有极其明显的差异。

这是一种深刻的历史的遗憾。

▶ 我受伤了

绝望
之后的
曙光

溪水金砂

　　人的天性如溪水，学习的本能就是金砂。它们潜伏在水中，浪花翻溅时一眼看不到它的颗粒，但因了它们的存在，水变得更有分量和价值。

　　我相信那些不含有金砂的小溪已经干涸，因为人类生存的环境曾经并且还将是刺骨险恶，你一个人的经历是不丰富的，你同时代的借鉴是不全面的，你一个行业的规则是不完整的……如果不爱学习不善于学习不坚持学习的话，就会被层峦叠嶂的打击和灾变所征伐与掩埋，这个人的遗传基因就昙花一现地湮灭了。

　　所以，乐观地说，我们每个人都是那些爱学习的人的后代，唯有这项潜藏在血液中的专擅，令我们比所有的动物都更繁荣递进。

　　学习是有很多种方法的，比如抬头望天，你可以学到星空的叙事是多么无与伦比的宏大，滋生出的渺小和畏惧感让你一生警醒谦逊。比如低头俯地，你可以窥到万物葱茏物竞天择优胜劣汰残酷公平，焕发出的紧迫和危机感让你不敢有一刻懈怠放松。比如听妈妈讲那过去的事情，你会生出无限的柔情，不但绕指更是绕心。比如看风光大片科幻影像，你会惊骇莫名，有一种充满未知的狂喜和震撼……

然而我以为最好的学习还是阅读。

首先我们要感谢文字，因为有了文字我们的情感血脉才有了附丽的骨骼，我们的理论枝蔓才有了攀缘的篱笆，我们的科技成果才有了传袭的衣钵，我们的历史才有了一面面古镜矗立照耀。

时代进步，从布帛竹简到计算机液晶屏，书写变得越来越快，阅读变得越来越方便了。记得我小时候，看一本长篇小说要个把星期，那还算快的呢！借书给朋友，不过百八十页，半个月后要她还，她说，这才几天啊你就催，我还没看完呢，小气呀小气！

读书，一种是技艺之书，讲的是各行各业的特殊规则，还有一种是普遍的知识，比如文史哲。读行业之书的人多，读普遍法则的人少。有一年我到国内著名的一所医科大学授课，我说你们这些未来中国最杰出的医生，有谁读过《红字》？有谁读过《罪与罚》？请举手。台下抬臂者寥寥。在感谢了这些博士生们的诚实之后，我深表遗憾。一个医生，除了读医书以外，也要读艺术。因为你面对的不是一个装满了病痛脓血的破罐子，而是一个活色生香的人。生死契阔啊，他们在最悲苦无助的时候和你狭路相逢，你要医治他，不仅仅是凭着你的精湛医术，而且要凭着你强大的人格和综合的力量。如果你想当一个名医而非庸医，请在读医书的同时，也展读人文科学方面的书籍。提高了你的素养，是你的福气，是你爹妈妻子（丈夫）孩子的福气，同时也造福了你的病患。

我相信一个读过很多专业以外书籍的建筑师，盖出的楼房一定更漂亮和更实用。我相信一个读过很多专业以外书籍的学者，授课传业的时候，一定更风趣更幽默更旁征博引口吐莲花。我相信一个读过很多专业以外书籍的科学家，提出的设想和理论，一定更曲径通幽独树一帜。我相信一个读过很多专业以外书籍的管理者，他的企业一定更具活力和创新精神。

我们曾经有过阅读倍感艰难的时代。高玉宝的《我要读书》就是明证。那时候的无法阅读，是因为贫困和压迫。后来又有过对知识的蔑视，阅读也被视为了通向反动的阶梯。我上初中一年级的时候，正逢"文化大革命"。学校停课闹革命，图书馆也关闭了，任何人不得进入。得知可以不再读书的第一天，心情像焰火一样蓬松绚烂。但日子一天天驰去，牙口徒长，知识却永远停留在十三岁的水平，那种渐进式的痛楚，巨蚕噬桑般把意志镂空。后来，图书馆开了一道小小的门缝，说是可以借阅"毒草"了，代价是你看完一本之后，要交出一篇大批判文章。还书的时候，批判稿需一并附上，如果审查合格，就可以继续借阅。如果你敷衍了事或者干脆交不出批判文章，便永久取消你的借阅资格。

大家蜂拥去借书。但几轮之下，就门可罗雀了。规则严苛，审查文稿者声色俱厉，拥有借阅资格的人越来越少。我面临着一个悖论。我喜爱"毒草"的芬芳，可我不得不批判它们。为了能继续阅读，只有口是心非。记得我曾面对苍穹向大师们祷告，说你们既然能创造出那么多心境复杂的人物，一定也能体谅一个中国女孩此时的难处，为了能亲近你们，就原谅我说你们的一点点坏话吧，请不要生气……

现如今，很多人不再贫穷，也没有人压制阅读，可时间成了瓶颈，很多人苦恼的是总也找不到空闲来阅读。

那是因为有太多的诱惑。

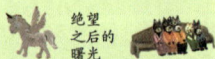

绝望
之后的
曙光

金山与青山

阅读是没有香氛的，于是抵不过餐桌的美味。阅读是孤独的，于是没有觥筹交错的热闹。阅读是伴有思考和停顿的，于是没有游戏般的顺畅和惬意。阅读甚至是充满碰撞和痛楚的，因为有忏悔的顾盼和掘进的深入。

但是，优秀的阅读是有力量的，因为在阅读的时候，你不是一个人，而是和古今中外的先驱者们并行。

你认为，最美的风景在哪里？为什么呢？

我以这个俗不可耐的问题为匕首，插向很多跋山涉水走过五大洲四大洋的人。他们先是愤然，就好像我在逼一个美人：非要她说出自己最绝色之处。

我告诉他们，大俗必雅。你既然走过万水千山，就有必要告知人们你的心得。

有人说，我最喜欢冰岛。可能是爱读武侠小说的缘故，对所有地老天荒、神鬼莫测的地方，都很有感觉。在冰岛，看到犬牙交错、遍地狼烟的火山岩地貌，看到巨大的地热喷泉按时按点地喷射而出，直冲云汉，好像到了金毛狮王谢逊的"冰火之岛"。

有人说，我最喜欢克罗地亚的杜布罗夫尼克小城。中世纪的城堡水灵灵地活过来了。你看到古老的药房、古老的海关，甚至那个时代的洗手池，现在还可以冲手。被时光吸管"嗖"的一下，嘬回了几百年前。

有人说，我喜欢亚马逊河的莽莽苍苍。你变成史前的一只蝼蚁般的动物，无声无息地凝视着这个没有人类存在的世界的模样。就好像在傍晚，你刚刚独自捕获一条食人鱼，看着它残忍冷漠的眼神，瞬间物我两忘。

有人说，我喜欢废墟。所有的废墟都会讲话，用你听不懂的语言，描述过去的故事。在波斯的皇宫旧址、在埃及的墓穴中，探寻历史的深意。在土耳其巨大的棉花堡温泉，凝固成牛奶状的石灰岩，像旧时的贵族，在半沉半浮的水中窥探宫廷的秘密。

有人说，我喜欢阿拉斯加的溪流。看一只饿熊，很有耐心地等在水流起伏之处，等着那些迎着浪峰一跃而起的勇敢鲑鱼——扑到熊身边的是其中脚力不健、算计不准的倒霉鬼。熊不慌不忙地捡起来，把鱼的身体变成了点心。

有人说，我喜欢南极。理由吗，不用多讲，纯白纯洁，让人感动得落泪。还有，经过西风带的时候，风浪很大，我晕船难受得要跳海，直至看到了真正的原生态寒冰，才深觉苦尽甘来、一路艰辛有了回报。

回答完毕，被问之人也像澳洲土著人玩的"飞去来"镖，反问：你觉得这世界上最美的风景在哪里？为什么呢？

我说，我觉得最美的风景在西藏阿里——我们这个星球上最高的地方。

大家说，你十几岁的时候就去那里守防，一待十几年。你既然已经到过了世界上最美丽的地方，何必中老年以后，自备盘缠，不辞辛苦地在地球上跑来跑去呢？

我说，我在那里的时候，并不知道那是世界上最美的地方；离开阿里的时候，我想：穷山恶水，永不再见。

但是，现在我懂得那是最美丽的地方。因为人生最贵重的那场旅行，往往不是收拾包裹去往一个计划好的目的地，而是随着命运，开始一场不知终点的漂泊——从父母怀抱着我的那块土地启程，一路走过青春之地、梦想之地，欣赏完生命中最美丽的风景，最后到达永恒的归宿。

一个好的旅行可以改变人生。

例如英国诗人拜伦，从1809到1811年三年的时间，他出国到世界的东方去旅行，他的想法是——"看看人类，而不是只在书本上读到他们。"还有一个更重要的理由，就是他要扫除"一个岛民怀着狭隘的偏见守在家门的有害后果"。

旅行让拜伦的世界发生了升华，让他成为伟大的诗人。

那些好的旅行，会让人在某个时刻，滴下泪来。人在旅行中，会狂喜、会悲伤，会在感动袭来之时，悄无声息地完成一次灵魂的蜕变。

现在拜交通方便所赐，飞行能让我们的身体频繁地在晨昏寒暑之间往来，跨越若干个时区甚至东西南北整个半球。几个小时就走过了古人的半生之路，只需不到一天，就能掠过玄奘十几年的风雪跋涉。走下飞机舷梯的那一瞬，旅人已和自己的文化断了脐带，与异域风情结下良缘。

有一部电影叫《蚂蚁的尖叫》，里面有一段经典的独白：

我跨越七大海洋，攀越七大高山，走过所有河谷，穿越广大平原，抵达世界各地，等我回到家，却惊异地发现，全世界就在我家花园那一小片叶子的露珠里。

当我们没有出发的时候，我们不知道这个世界有多大，不知道最美好的地方在哪里。我们以为它们均在虚无缥缈的远方。我们期望着与最美好的世界相遇，不辞万里。等我们从远方回到家里，才发现这个世界最美好的地方，就在我们咫尺相遥的指尖。

如果你不出发，你就不会懂得这个朴素的道理，你就不知道珍惜。也许，这就是远方的重要性。因为它以猝不及防的相逢，悄无声息地教会你什么是人间最宝贵的东西。

薰衣草叶

喜欢薰衣草这个词，不知道为什么。细细想，也总搞不清究竟被这词语中的哪一部分击中。拆开来看，比如"薰"字，雾霭腾腾的，带着炙烤的青烟和烧腊的油腻。再如"衣"字，太普通了，棉衣单衣衬衣大衣，琐琐碎碎婆婆妈妈的。至于"草"，就更平凡到除了绿和小，再无甚可说了。三个其貌不扬的字集在一起，却像山乡小伙子来了个原生态组合，列排站在聚光灯下，无拘无束地引吭高歌，播散出的清新和幽远，力穿你心。

一直没见过真正的薰衣草，只是熟悉它的味道，在各种喷雾剂和香水的飞沫里。终于有一天，在欧洲油画般的山野中，看到了一片绛紫色的云霞在远方浮动。同行的朋友们以为是野花，以为是紫苜蓿，以为是茂密的马兰……突然有一个人恍然大悟道，那是薰衣草啊！

人们大呼小叫要停车，口气之急迫，让不通汉语的外籍司机，以为是有人受了伤。车停稳之后，大家高一脚低一脚地向紫色的地毯奔扑而去。

走到近处，才看清这美丽的植物，并不是匍匐在地上，而是安然挺立着，株高大约有一米。顶端是玫瑰香葡萄色的穗状花序，花上被覆着星星状的茸毛，粗粗看去，好像是能磨出紫色面粉的小麦穗。每

绝望
之后的
曙光

株约有十朵左右的密集小花拥挤在一起，仿佛一群胆怯的小姑娘，抬着头低着下颌，你靠着我我靠着你，手拉手紧密团结成幽蓝色的香柱。茎干呈灰绿色，窄长的叶片细碎而纷披，在干燥的空气中蛰伏着，好像正在憩息的含羞草……微风掠过的时候，薰衣草就活泼地荡漾起来，仿佛紫蓝色的精灵累了，一展腰肢做起柔曼的瑜伽。薰衣草给人的印象内敛而谦逊。

大家的下一个统一动作就是俯下身去扇动鼻翼，抽吸薰衣草的迷人香气。大失所望的是，除了清淡的草木之气，薰衣草的味道是哑的。徒有虚名的薰衣草大智若愚地沉默着，不肯把些许香氛赠送我们。微风吹过，它们不好意思地摇曳着，好像在祈请原谅。

没有香味的薰衣草，几乎让人怀疑它们的真实身份。有几个人说，也许，这不过是紫花苜蓿的变种吧，咱们自作多情了。

揣着疑团回到车上，问过了当地籍的司机，才知道这千真万确就是大名鼎鼎的薰衣草，才知道真正的薰衣草在没有提炼出精油之前，是不香的。于是就想再回头看一眼沉默的薰衣草，可惜起伏的山峦已遮挡住它们紫色的侧影。

◀ 圣诞老人的树

长久地挂念着薰衣草，看到紫色就想起了它，它成了紫色的形象大使。某一天早晨，我在自由市场采买蔬果，看到一个老汉蹲在角落里叫卖杂物，面前堆放着一些深绿色的小塑料袋子。我问他，这是什么呀？他说，薰衣草啊。

透明袋子里的黛绿色的草末，好像未晾干的烟叶。我疑惑地说，这是薰衣草吗？他缺了几颗牙的嘴巴不容置疑地说，是。

我说，薰衣草是紫蓝色的，到了您这儿怎么变绿了？

老汉说，薰衣草的花是紫蓝色的不假，但花要拿去提炼精油，精油多贵啊，一般人买不起。我这是薰衣草的叶子，和花的作用是一样的，只是力道弱点。你可以多买一些啊，用薰衣草的叶子做一个枕头吧，淡而清澈的香气，会让你做一个好梦。

没牙老汉所说的"淡而清澈的香气"这句话，打动了我。我不知道是他批发草叶的同时听到的这话，还是他自己琢磨出来的。因为这句话，我买了薰衣草的叶子。只是，它们的分量只够装进荷包悬挂在我的电脑旁。

薰衣草有良好的药用功效，可以洁净身心平抑怒火，舒展经脉疗治创伤。国外有研究机构发现，如果公司要讨论一个非常棘手的话题，事先在会议室里滴上几滴薰衣草精油，气氛就会变得友善和谐，保不准一个统一的意见就此形成了……

我喜欢薰衣草的清静和舒缓，喜欢它低垂的花和朴素的茎干，喜欢它不事张扬的色泽和静祷般的安宁。希望自己的散文能学到一点薰衣草的风格——叶片在原野上自由自在，香氛在空气中若有若无。路过的人看到了，也许会张望几眼，喜欢的人看到了，也许走过之后还会回眸。

如果读过它们之后，一如洒在会议室的精油，让人们被快节奏舞动起来的火气稍稍平息，你比较镇静和快活起来，我就欣慰万分了。转念一想，薰衣草精油是很昂贵的东西，不能太自不量力自作多情了。那么，就期待它们如同乡下老汉手中的薰衣草碎叶，带给你一点点舒缓和清凉，做个好梦到天明吧。

做一个
不完美的人

不要计较何时年轻、何时年老，只要我们生存一天，

青 春 的 财 富， 就 闪 闪 发 光。

能够遮蔽它的光芒的暗夜只有一种，

那 就 是 你 自 以 为 已 经 衰 老。

银与福

在塔克拉玛干沙漠的边缘，有一座魔鬼城。它是雅丹地貌形成的沟壑，被飓风的利刃和雨水的指甲，还有岁月的刻刀雕刻镂空，塑造了千奇百怪的城骸和猛兽的残肢。如今被正式辟为地质公园，引来零散游客。

有一处地貌类似"无敌舰队"，无数高大的"雅丹"（雅丹是维吾尔语，意即——陡壁的小丘）层岩，昂首挺胸，好像被天庭的巨鞭抽打着，中规中矩地朝着一个方向航行，虽悄无声息但一往直前。每一艘舰艇都似五层楼雄伟，朋友们隐入其中玩耍照相。工作人员一个劲儿叮咛，万万不可走远误入深处。

我因脚踝扭伤，无法走进波涛起伏的沙砾，只有坐在一旁看着瀚海发呆。忽然，背后有幽灵般的声音响起，客人，买一幅羊皮画吧，它会带给你好运。猛回头，见一老媪披着漠黄色的袍子悄然移近我，枯瘦的手爪挥舞着一卷画轴。

我吓了一跳，觉得这老太太简直就像是魔鬼城的常住人口。揉眼看，不远处的越野车和天上浑黄的太阳俱在，胆子才壮了一些，问，你的羊皮画上都画了些什么？

什么都有。要什么有什么，它能保佑你。老女人说着，打开了她的包袱。羊皮画卷在一起，散发着令人昏昏欲睡的气味。我一幅幅展开来看，每幅有脸盆底大小，四周缀满了憔悴的草珠子，用细而韧的羊肠线编织成网状，古朴中透着不可捉摸的空灵。画上多半写着各类经文，绘着炫彩的符咒，完全看不懂。有一幅很特别，周缘挂着木质流苏，沉甸甸地拉直了菲薄的羊皮，使画上的图案像少女的面颊平展而悦目。皮画分两面，一面染作宝蓝色，一个长相如史前岩画上走下来的小人，手舞足蹈，快乐得几乎摔了跟头。另一面是不均匀的漆黑底子，仿佛百年老灶的坑灰胡乱涂抹而成，其上用某种矿物粉描了三个歪歪斜斜的汉字——银与福。

我拿在手中，翻来倒去地看，不解，问，什么意思？

老人的目光在稀疏的睫毛下浑不见底，好似注满沙粉的小潭。她说，银子，你懂吧？就是钱。它能保佑你有钱。

看看同伴们归来还早，我就同老人聊起来，说，银子是个好东西啊！在城里，有了银子就有了一切。可以有水，有大房子，有汽车……

一股沙漠上的焚风刮来，下唇顿时就崩了口子。我吐掉牙上的土末儿说，还可以买到空调和游泳池……想想老人可能永远也不知道什么叫游泳，就闭了嘴。

老人在风沙中一动不动，说，银子就是银子，银子不是所有的东西。如果银子是一切，羊皮上就不会写着再送你"福"了。银子和福是两样东西，你可以有银子，但是你没有福。福是另外的赐予。

我说，有没有这样一种可能呢？我没有银子，可是我有福。

老人好似一尊沙漠中的石像，说，行的。你没有银子，可是你能有福。

我说，不见得吧？如果真是那样，就该写着福与银了，而不是现在的顺序。

老人并不恼，说，细细看，看它的四周是什么？

我这才注意到羊皮画周边的木质流苏，并非普通的纹饰，而是一把又一把吃饭的勺子。它们由树根雕成，平浅单薄，要是用来舀汤，可真要费不少功夫。

老人说，福的根是要有饭吃，要是没得饭吃，人就成了干尸。干尸你懂吧？

我不住地点头。干尸，当然懂，在魔鬼城，人和干尸只有一步之遥。

老人继续说，有了吃，人就有了福底子。有银子比有福容易，有人有银子，可是没有福。有福是最难的。你要先有了吃饭的勺子，再有了锦上添花的银子，然后，你还要去找福。银子永远不能骑在福上头。

我从老人手中买下了"银与福"的羊皮画，目送她漠黄色的袍子消失在魔鬼城"无敌舰队"的旗舰之后。若不是羊皮画玄妙的气味直冲鼻根，我非得认定方才的情形是海市蜃楼。

直到今天，我还不时拿出这幅羊皮画抚摸端详。每一次都会有金米样的沙粒掉出，又会被我精心地填回羊皮的皱褶。心中始终存有疑问，这画是谁的工笔？那老人吗？她如何会写汉字？她躲在魔鬼城，飘然而出，瞬忽而遁，就是为了向被城市腌得两眼发黑的我们，展示这古老的箴言？

最大的缘分

这几年，缘字泛滥，见面就是缘。

在翠绿的伊犁河谷，一位哈萨克少女，高擎着马奶子酒说，尊贵的客人，世上最高最长远的缘分是什么呢？是吃啊！一生下来，婴儿就要吃。到不能吃的时候，缘分也就尽了。人们因吃而聚，因吃而离……

那一天，所有的味道，都被这句话漂白。

吃是笼罩天穹的巨伞。甚至从生命还没有诞生，我们就开始吃了。构成我们机体原初的那些物质：骨的钙，血的铁，瞳孔的胡萝卜素，头发的维生素原 B5，肌肉的纤维，脑神经的沟回……无一不是我们从大自然攫取来的。生命始自吃大自然，大自然是胚胎化缘的钵，这就是最洪荒的缘分啊。

出生后，我们开始吃母亲。乳汁是世界上最完整最富于消化吸收的养料，妈妈的胸怀，是我们赖以生存的谷仓，遮风雨的帐篷，温暖的火墙和日夜轰响的交响乐团（资料证明，婴儿在母亲的心跳声中，感觉最安宁。因为这声音的节奏，已融入孩子永恒的记忆）。因为吃与被吃，母与子，结成天下无与伦比的友谊。这种友谊被庄严地称为——母爱。

长大了，我们开始吃自己。养活你自己，几乎是进入成人界最显著的标志。填平空虚的胃，曾经是多少人惨淡经营的梦想。待统计到国计民生上，温饱解决了，我们就能进入小康，吃——此刻不仅仅是食物，更成了逾越文明纪录的标杆。吃是基础，吃是栋梁，有了吃，一个民族才能在世界的麦克风中有扩大的声音。没有吃，肚子咕咕叫的动静压倒一切，遑论其他！

夫妻走到一块儿，叫作从此在一个饭锅里搅马勺了。吃是男女长久的媒人和黏合剂。

普天之下，熙熙攘攘，多少酒肆饭楼，早茶晚宴，都是为吃聚在一处。古往今来，不知有多少大事在觥筹交错中议定，有多少金钱在餐桌下滚滚作响。

为了吃，人是残忍的，远古时曾尝遍了包括人自身在内的所有生物。进步了，不再吃人。科学了，不再吃有害健康的食物。但人的好吃仍是无与伦比，毒蛇有毒，拔了牙吃；河豚烈性，剥了内脏继续吃；珍禽异兽，都曾被人烹炸清炖，吃了南极吃北极，先是磷虾后是鲸……人是地球上能吃善吃的冠军，狮子老虎都得自叹弗如。

吃到遥远的地方，吃出奇异的境界，是人类永不磨灭的理想。所以人总想吃出地球去，吃到太空去，到另外的星球上找饭辙，这便是无限神往的明天了。

到什么也不想吃的时候，生命已到尾声，与这世界的缘分将尽了。所以能吃是最基本的缘分，切不可小觑。与"能吃"的可爱相比，功名利禄都是泔水。吃亦有道，须吃得聪明，吃得正大，吃得坦荡，吃的是自己双手挣来的清白，吃才是人间的幸福。

珍惜能吃的日子，珍惜一道举箸的亲人。珍惜畅饮的朋友，珍惜吃的智慧。敬畏热爱供给我们吃的原料、吃的场所、吃的机会、吃的概率的源头——大自然与母亲！

慢生活

喜欢"慢"这个字。你看，造字者多么聪明！它是竖心旁。说明"慢"这件事，并不只是来自动作，首先源自内心。

当下生活的节奏越来越快，让我们平日感觉自由的时候甚少，感觉枷锁的时间甚多。打开枷锁享受自由的滋味，有些人可能从来也没有享受过，他们无所不在地夸大了枷锁的力量，忽略了自己的主动。其实，只有自己，才能化解生命故事中那么多的伤痛和矛盾，让自己日趋圆满。因此，不妨出去走走，给自己自由，让生活慢下来。

即使只是慢慢吃饭，也像慢慢行船一样，可以看到更多的风景，感受到更多的美好滋味。因为只有你，才能清醒地知道，此刻在干什么，才能品味出这个时刻独有的韵味。让每一个"当下"都如灵猫一样轻盈灵醒地闪过，清清爽爽地知道自己内心发生了什么。是尴尬，不掩饰；是愤怒，不拒绝；是欢欣，就鼓舞；是悲痛，就欲绝……如此锱铢必较地过着生命，那生命就华美和悠长起来。这种随时随地的自我察觉，才是真正的修行。

就像烟灰，它们非常松散，几乎没有重量和形状，真一个大象无形，懒洋洋地趴在那里，好像在冬眠。其实，在烟灰的内部，栖息着高度警觉和机敏的鸟群，任何一阵微风掠过，哪怕只是极轻微的叹息，它们都会不失时机地腾空而起、驭风而行。它们的力量正是来自放松，只有放松，全部潜在的能量才会释放出来，协同你达到完美。

把一个红枣囫囵吞下，你第一口碰到的就是核儿了。如果你慢慢地品尝，会有温润甘甜的清香常留齿间。

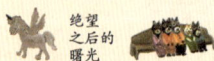

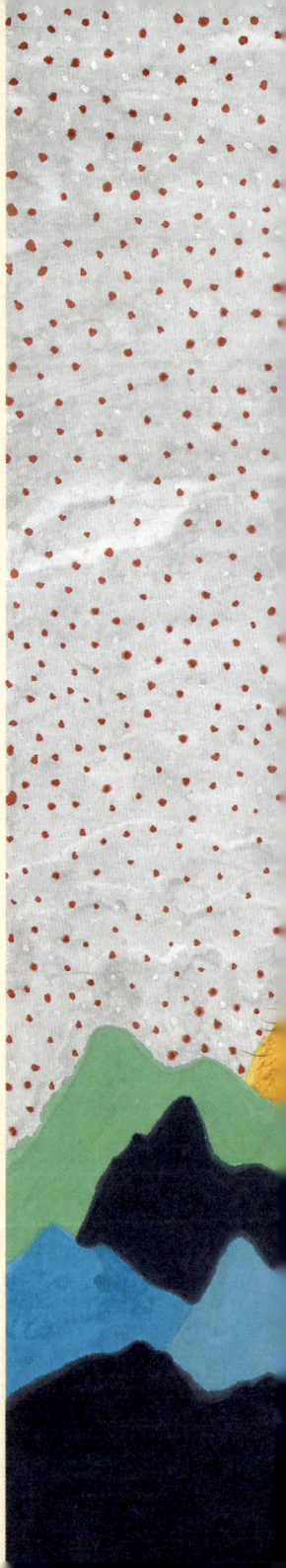

人生如带

人类送往太空的礼品，有一盘录有声响的带子。

其他星球上的生物，有一天将凭着这带子认识我们地球人。

能在这样的带子上留下痕迹，该是至上的光荣。

人生的节奏越来越快。

好像有一只无形的狼犬追逐着我们，每人都在和冥冥之中的某种速度竞赛。

有一个主宰一切的幽灵，拧紧我们的每一寸筋骨，驱使我们向前。

这是怎样一种至尊无上的力量？

它就是生命的不可重复性。

每个人诞生的时候，都是上帝之手涂抹干净的一盘磁带。伴随我们的生命，它开始缓缓地转动。录下大自然的风雨，录下慈父母的教诲，录下前人心血的结晶，录下远方未知的问号……

在带子的尽头，是沙沙走动的无声无息的空白。

每个人都顽强地想留下属于自己的声音。

带子很庄严，它默然向前，不理睬人们的叹息与挽留。它只保存一代又一代人类最精彩的声响，使自身更臻完美与辉煌。

与人类永恒的传送带相比，我们每个人渺小如蚁，孱弱如丝，轻淡如烟，消逝如水。

带子输送着一代又一代的人们走进宇宙的深处，那是一去不复返的轨道。

带子不断清洗着嘈杂的声音，毫无商榷地拒绝重复。带子只承认最新鲜伟大的发明，在历史的沉积中，变得越来越坚硬。要在上面留下痕迹，越来越艰难了。

你必须用人类迄今为止最优异的养料滋润自己的头脑，你要站在巨人的肩膀上。

巨人屹立着，并不因为你的弱小而弯下臂膀。巨人沉默着，他们敞开自己，却不肯搀扶你。攀登巨人几乎费掉我们毕生的精力，许多人在这样的探索中凝固，成为巨人的一部分，悲哀地失去了自身。

当那些最勇敢最智慧的人们，攀到前所未有的高度时，迎接他们的是严寒与荒凉。

面对纷繁的星空和遥远的黑洞，你踏出高贵而孤独的脚步。

你极可能走错，湮灭如灰尘。

带子是不保留探索者的脚印的，它淡然地看着一位位先驱者扑倒，只为成功者留下位置。

宇宙用死亡限制人们的步伐。人类的每一个婴儿降生，都是历史的一次重新开始。智者离开时，卷走了他们没有诉诸文字的所有发现。

历史不记录回声。人的生命是长度固定的锁链，为了对抗死亡，为了在重复学习之余留出创造的空间，只有在每一个生命之环上负载更多的希冀与沉重，人类日益变得匆忙与紧张。

做人是越来越累了。我们已无暇再创造语言与文字这类服务于全人类的精神奢侈品，我们已在忙乱中迷失最初的意愿。人们越来越频繁地聚散，物品越来越快地更迭。我们以为过程就是终极，我们在旋转，以为是前进。

带子沉默着。

冷静甚至冷酷地等待着我们。

它只记录最优秀的声音。假如世间喑哑，它就耐心地等待。

人们在万籁寂静的深夜，倾听生命的磁带。

它均匀地无声地行进着，期待着。

喜欢电脑键盘上的回车键

　　不要和任何人赌气。不要和男人赌气，不要和看不起你的人赌气，不要和上天赌气。有的时候，你什么都没有做错，只是不能如意。就把它放下，轻轻地，不再回头。

　　喜欢电脑键盘上的回车键，另起一行。

　　人生有很多时候，这个句子写不完了，就停笔吧。放下不是失败，只是新的一行开头。

　　我年轻的时候，很喜欢赌气。赌气这个东西，有的时候会激发一个人的斗志。你说不行，我偏要做出个样子给你。很多人在成功之后，会貌似宽宏大量地说，我要感谢某某，当初如果不是他小看我，蔑视我，我就不会有今天。

　　我相信这些话都是发自肺腑，我也相信这份垃圾燃烧起的火焰，会成为初始的推动力。但是，后来呢？

　　人一定要有后来的，垃圾可以点燃一座小窑，烧几块砖头，却不能推动航天飞机直上苍穹。后来的后来，一定要与远大而神圣的目标相连，这样就会提供源源不断的方向感，就会调动起不竭的动力。

　　也许有人会说，我一听什么大目标就心烦。我就不相信没有大目标，人就没法活。我愿意整天纸醉金迷得过且过，你能奈我何？

我觉得如果你认定要那样走过你的一生，别人是一点办法也没有，这当然是你的自由。只是无数人的历史证明了这一点，只有远大的目标才能带给人超拔于一己生命之外的庄严感，而这种感觉，是精神的维生素。

也许有人要说，那你能拿出物质证据来吗？比如一个人有远大的目标，另一个人没有远大的目标，把两个人的血液抽出来化验一下，有什么区别吗？

哦，如实说，截至目前，检测并不能提供这样的证据。

也许有人说，没有证据，你如何让我们信服你呢？问得有道理。心理学在很多方面只是假说，这也许正是它最神秘和纷繁莫测之处了。

原谅我，只能用一个猜想来回答。也许，在我们祖先漫长的进化过程中，只有那些充满了理想的人，才比较不气馁、不妥协、不屈服，在黑暗中看得到微光，在困境中不缺乏勇往直前的勇气。而那些目光短浅的人，比较容易沮丧和放弃，失去了生存的机会。

从这个意义上讲，希望不但帮助了人类的进化，而且使人得到了更多存活的机遇。有一个远大的目标，不仅仅对于整体是需要的，对于个体也是福音。

行使拒绝权

拒绝是一种权利，就像生存是一种权利。

古人说，有所不为才能有所为。这个"不为"，就是拒绝。

人们常常以为拒绝是一种迫不得已的防卫，殊不知它更是一种主动的选择。

纵观我们的一生，选择拒绝的机会，实在比选择赞成的机会要多得多。因为生命属于我们的只有一次，要用唯一的生命成就一种事业，就需在千百条道路中寻觅仅有的花径。我们确定了"一"，就拒绝了九百九十九。

拒绝如影随形，是我们一生不可拒绝的密友。

我们无时无刻不是生活在拒绝之中，它出现的频率，远较我们想象的频繁。

你穿起红色的衣服，就是拒绝了红色以外所有的衣服。

你今天上午选择了读书，就是拒绝了唱歌跳舞，拒绝了参观旅游，拒绝了与朋友的聊天，拒绝了和对手的谈判……拒绝了支配这段时间的其他种种可能。

你的午餐是馒头和炒菜，你的胃就等于庄严宣布同米饭、饺子、馅饼和各式各样的煲汤绝缘。无论你怎样逼迫它也是枉然，因为它容积有限。

你选择了律师这个职业，毫无疑问就等于拒绝了建筑师的头衔。也许一个世纪以前，同一块土地还可套种，精力过人的智者还可多方向出击，游刃有余。随着现代社会的发展，任何一行都需从业者的全力以赴，除非你天分极高，否则兼做的最大可能性，是在两条战线功败垂成。

你认定了一个男人或是一个女人为终身伴侣，就斩钉截铁地拒绝了这世界上数以亿计的其他男人或女人，也许他们更坚毅、更美丽，但拒绝就是取消，拒绝就是否决，拒绝使你一劳永逸，拒绝让你义无反顾，拒绝在给予你自由的同时，取缔了你更多的自由。拒绝是一条单行道，你开启了闸门，江河就奔涌而去，无法回头。

拒绝对我们如此重要，我们在拒绝中成长和奋进。如果你不会拒绝，你就无法成功地跨越生命。

拒绝的实质是一种否定性的选择。

拒绝的时候，我们往往显得过于匆忙。

我们在有可能从容拒绝的日子里，胆怯而迟疑地挥霍了光阴。我们推迟拒绝，我们惧怕拒绝。我们把拒绝比作困境中的背水一战，只要有一分可能，就鸵鸟似的缩进沙砾。殊不知当我们选择拒绝的时候，更应该冷静和周全，更应有充分的时间分析利弊与后果。拒绝应该是慎重思虑之后一枚成熟的浆果，而不是强行捋下的酸葡萄。

拒绝的本质是一种丧失，它与温柔热烈的赞同相比，折射出冷峻的付出与掷地有声的清脆，更需要果决的判断和一往无前的勇气。

你拒绝了金钱，就将毕生扼守清贫。

你拒绝了享乐，就将布衣素食、天涯苦旅。

你拒绝了父母，就可能成为飘零的小舟，孤悬海外。

你拒绝了师长，就可能被逐出师门，自生自灭。

你拒绝了一个强有力的男人的帮助，他就可能反目为仇，在你的征程上布下道道激流险滩。

你拒绝了一个神通广大的女人的青睐，她就可能笑里藏刀，在你意想不到的瞬间刺得你遍体鳞伤。

你拒绝了上司，也许意味着与一个如花似锦的前程分道扬镳。

你拒绝了机遇，它永不再回头光顾你一眼，留下终身的遗憾任你咀嚼。

拒绝不像选择那样令人心情舒畅，它森严的外衣里裹着我们始料不及的风刀霜剑，像一种后劲很大的烈酒，在漫长的夜晚使我们头晕目眩。

于是我们本能地惧怕拒绝。我们在无数应该说"不"的场合沉默，我们在理应拒绝的时刻延宕不决。我们推迟拒绝的那一刻，梦想拒绝的体积会随着时光的流逝逐渐缩小以至消失。

可惜这只是我们善良的愿望，真实的情境往往适得其反。我们之所以拒绝，是因为我们不得不拒绝。

不拒绝，那本该被拒绝的事物，就像菜花状的癌肿蓬蓬勃勃地生长、浸润，侵袭我们的生命，一天比一天更加难以救治。

拒绝是苦，然而那是一时之苦，阵痛之后便是安宁。

不拒绝是忍，心字上面一把刀。忍是有限度的，到了忍无可忍的那一刻，贻误的是时间，收获的是更大的痛苦与麻烦。

拒绝是对一个人胆魄和心智的考验。

拒绝是一门艺术。

拒绝也分阳刚派与阴柔派。

怒发冲冠是拒绝，浅吟低唱也是拒绝。义正词严是拒绝，"顾左右而言他"也是拒绝。声色俱厉是拒绝，低眉敛目也是拒绝。横刀跃马是拒绝，丝弦管竹也是拒绝。

只要心意决绝，无论何方舞台，都可演成拒绝的绝唱。

拒绝有时候需要借口。

借口是一层薄薄的帷幕。它更多表达的是一种善意、一种心情，而同表面的含义无关。

借口悬挂于双方之间，使我们彼此听得见拒绝清脆的声音，看不见拒绝淡漠的表情，因此维持着最后的礼仪。

许多被拒绝的人，执着地追问理由，以为驳倒了理由就挽救了拒绝。这实在是一种淡淡的愚蠢，理由是生长在拒绝这棵大树上取之不尽、用之不竭的叶子。如果你真的是想挽回拒绝，就去给大树浇水吧。

在某种程度上，借口会销蚀拒绝的力度。它把人们的注意力牵扯到无关的细节，而忽略了坚硬的内核。就像过多的糖稀，会损坏牙齿的珐琅质。它混淆了拒绝真实凝重的本色，使原本简单的事物斑驳不清。

相较之下，我更喜欢那种干干净净没有任何赘物的斩钉截铁的拒绝，它像北方三九天的冰凌，有一种肝胆相照的晶莹和砰然断裂的爽快。不但是个人意志的伸张，而且是给予对方的信任和尊崇。

拒绝对于女人来说，是终生必修的功课。

天下无数繁杂的道路，你只能走一条。你若是条条都走，那就等于在原地转圈子，俗称"鬼打墙"。

女人使用拒绝的频率格外高，是因为女人面对的诱惑格外多。

拒绝是女人贴身的软甲，拒绝是女人进攻的宝剑。

拒绝卑微，走向崇高。

拒绝不平，争取公道。

拒绝无端的蔑视和可恶的恩惠，凭自己的双手和头颅挺身立于性别之林。

不懂得拒绝的女人，如果不是无可救药的弱智，就是倚门卖笑的流莺。

因为拒绝，我们将伤害一些人，这就像春风必将吹尽落红一样，有时是一种必然。如果我们始终不拒绝，我们就不会伤害别人，但是我们伤害了一个跟自己更亲密的人，那就是我们自己。

拒绝的味道并不可口，当我们鼓起勇气拒绝以后，忧郁和惆怅伴随着我们，一种灵魂被挤压的感觉，久久挥之不去。

因为惧怕这种难以言说的感觉，我们有意无意地减少了拒绝。

在人生所有的决定里，拒绝是属于破坏而难以弥补的粉碎性行为。这一特质决定了我们在做出拒绝的时候，需要格外的镇定与慎重。

然而拒绝一旦做出，就像打破了的牛奶杯，再不会复原。它凝固在我们的脚步里，无论正确与否，都不必原地长久停留。

拒绝是没有过错的，该负责任的是我们在拒绝前做出的判断。

不必害怕拒绝，我们只需更周密的决断。

拒绝是一种删繁就简，拒绝是一种举重若轻。拒绝是一种大智若愚，拒绝是一种水落石出。

当利益像万花筒一般使你眼花缭乱之时，你会在混沌之中模糊了视线。尝试一下拒绝吧。

你依次拒绝那些自己最不喜欢的人和事，自己的真爱就像退潮时的礁岩，嶙峋地凸现出来，等待你的攀缘。

当你抱怨时间像被无数餐刀分割的蛋糕，再也找不到属于你自己的那朵奶油花时，尝试一下拒绝吧。

你把所有可做可不做的事拒绝掉，时间就像湿毛巾里的水，一滴一滴地拧出来了。

当你发现生活中蕴含着太多的苦恼，已经迫近一个人能够忍受的极限，情绪在崩溃的边缘时，尝试一下拒绝吧。

你也许会发现，你以前不敢拒绝，是因为怕增添烦恼。但是恰恰相反，拒绝像一柄巨大的梳子，快速地理顺了杂乱无章的日子，使天空恢复明朗。

当你被陀螺般旋转的日子搅得耳鸣目眩，忘记了自己是从哪里来、要到哪里去的时候，尝试一下拒绝吧。

你会惊讶地发觉自己从复杂的包装中清醒，唤起久已枯萎的童心，感叹我们每一个人都是自然之子。

拒绝犹如断臂，带有旧情不再的痛楚。

拒绝犹如狂飙突进，孕育天马横空的独行。

拒绝有时是一首挽歌，回荡袅袅的哀伤。

拒绝更是破釜沉舟的勇气，一种直面淋漓鲜血、惨淡人生的气概。

拒绝也不可太多，假如什么都拒绝，就从根本上拒绝了每个人只有一次的辉煌生命。

智慧地、勇敢地行使拒绝权。

这是我们每个人与生俱来的权利，这是我们意志之舟劈风斩浪的白帆。

谈"怕"

"怕"好像历来是个贬义词。怕什么？别怕！天不要怕，地不要怕……好像是人生的大境界。

其实人的一生总要怕点什么，这就是中国古代说的"相克"。金木水火土，都有所怕的东西。要是不相克，也就没有了相生，宇宙不就乱了套？

人小的时候，怕父母。俗话说衣食父母，我的理解就是衣食来自父母。要是父母火了，不给你吃，不给你穿，你就丧失了基本的生存条件，饥寒交迫地活不下去了，还谈什么别的？所以父母叫你上学你就得上学，叫你成绩好你就得努力。要是一个人从小对慈爱他的父母没有畏惧之心（不是害怕他们本人，而是怕惹他们生气），没有讨他们欢喜之心，那这个人长大了，多半要为不法之徒。

渐渐大起来，就怕老师，怕上级，怕官怕权……总之是怕比自己更有力量的人。我想这不单是一种懦弱，而是弱小动物生存的本能。想我们人类的祖先，不过是些个猴子，虽说脑子还算得上机敏，体力实属一般。在漫长的动物排行榜上，只能列在中档靠下的位置。假若什么都不怕，早就被老虎狮子大蟒蛇饕餮了。所以"怕"是一种集体无意识，怕是正常的，不怕却是需要锻炼的事。

怕是一件有理的事，每个人都生活在立体空间，上下左右都有掣肘。人上有人，天外有天，总有东西笼罩在你的脑瓜顶。你可以完全不考虑下情，也可以咬着牙不理睬左邻右舍，但你得"惧上"，否则你的位置就保不住了。所以那个无所不在、无所不能的领袖叫作"上帝"。

人须怕法，那是众人行事的准则。人还须怕天，那是自然界运行的规律。怕是一个大的框架，在这个范畴里，我们可以自由活动。假如突破了它的边缘，就成了无法无天之徒，那是人类的废品。

人有最终的一怕，就是死。因为死去的人都不曾回来告诉我们那边的情形，所以我们并不确切地知道死亡是怎样一回事，我们只是盲目地怕着，我们怕的实际是一种未知的状态。人们怕死，很大的一部分是怕痛。要说死其实一点也不痛，就像在沙滩上晒太阳，暖烘烘地就过去了，怕的人一定少得多。再有怕也是怕比的，假如你活得苦不堪言，所有的感官都用来感受痛苦，在怕活和怕死之间，自然也两怕相权取其轻了。因此那极怕死之人，多是很富贵很安逸很猖獗很凌驾一切的显赫。不信你看历代的皇帝，都孜孜不倦地追寻长生不老的仙丹。

女人还有一怕，就是怕老。所以各色美容护肤的佳品层出不穷，种种秘不传人的方子被奉若神明。这一怕的核心是怕时间。世上有许多东西是可以对抗的，唯有时间你不可战胜。可怜女人的这个与生俱来的恐惧，注定无法消除。没有哪一种胭脂可以涂抹时间，女人只好永远地怕下去，除非你不在意衰老。

怕虽有理，却并非总是有利。怕的直接决策是躲，但躲不过的时候，就只有迎头而上。古人们所有教诲我们不要怕的语录，就发生在这一时刻。民不畏死，何以惧之？将对最大的未知的恐惧置之度外，所有已知的苦难都不在话下，这个人的战斗力实不可低估。

但不怕死的人，也仍有一怕，那就是怕自己。死和你作对，只有一次。自己要和你作对，会有无数次的机会。胜利的时候，它会让你骄傲，失败的时候，它诱你气馁。贫困的时候，它指使你堕落。饱暖的时候，它敦促你放浪……自己的实质是欲望。欲望使我们勇敢，欲望也使我们迷失。

人生的发展，一是因了爱好，一是因了惧怕。前者，比如音乐，它并没有更实际的用途，而只是使我们愉悦。那些更实用的发明创造，基本上缘于"怕"。因为害怕冷，人们发明了衣服、房屋、火炉；因为害怕热，人们发明了扇子、草帽、空调器；因为害怕走路，人们发明了汽车、火车、飞机；因为害怕病痛，人们发明了中药西药 X 光 B 超；因为害怕地球的孤独，人们向茫茫宇宙进行探索；因为害怕自身的衰退，人们不断高扬精神的旗帜……害怕实在是人类文明进步的助产婆。今后谁知道因了害怕，人类还将诞育多少温馨的婴儿，人类还将补充多少伟大的发明！

我们每个人的心里，都有一个害怕的场。这个场，不要太大，那我们畏畏葸葸，就太委屈了自己的岁月。这个场，也不可太小，太小了就容易人在边缘，演出不该上演的节目。它需不大也不小，够我们驰骋如烟的想象，够我们度过无悔的人生。

保持惊奇

惊奇，是天性的一种流露。

生命的第一瞬就是惊奇。我们周围的世界，为什么由黑暗变得明朗？周围为什么由水变成了汽？温度为什么由温暖变得清凉？外界的声音为何如此响亮？那个不断俯视我们亲吻我们的女人是谁？

……

从此我们在惊奇中成长。

这个世界上，有多少值得惊奇的事情啊。苹果为什么落地，流星为什么下雨，人为什么兵戎相见，历史为什么世代更迭……

孩子大睁着纯洁的双眼，面对着未知的世界，不断地惊奇着，探索着，在惊奇中渐渐长大。

惊奇是幼稚的特权，惊奇是一张白纸。

但人是不可以总是惊奇着的。在生命的某一个时辰，你突然因为你的惊奇，遭逢尴尬与嘲笑。你惊奇地发现——惊奇在更多的时候，是稚弱的表现，是少见多怪的代名词，是一种原始蛮荒的状态。

对于我们这个崇尚见怪不怪其怪自败、尊重老练成熟的民族心理中，惊奇是如胎发一般的标志。

你想成功吗？你首先须成功地把自己的惊奇掩盖起来。

我们的辞典里，印着许多诸如"处变不惊"、"荣辱不惊"的词汇，使"不惊"镀着大将风度的金辉，而"惊"则屈于永久的贬义。

翻那辞典，后面更有了"惊慌失措"、"大惊失色"、"惊恐万分"的形容，"惊"堕落着，简直就是怯懦、退缩，畏葸的同义语了。

于是人们开始厌恶惊奇。你想做大事吗？一个必备的基本功，就是训练自己丧失惊奇。

你看到生活远没有书本上描写的那样美好，你不要惊奇。

你看到爱情远不是传说中那般纯洁，你不要惊奇。

你看到友谊根本不是故事中那般忠诚，你不要惊奇。

你看到日子绝不如想象中那般绚烂，你不要惊奇……

如果你惊奇了，你就违反了一条透明的规则，会遭到别人阳光下或是暗影里的嘲笑：这个孩子还嫩着呢。

你在一次次碰壁后省悟到：即使你对这个世界还一知半解，你还搞不清问题的全部，但有一点你现在就能做到，那就是——埋葬你的惊奇。

你看到丑恶，假装没有看到，依旧面不改色谈笑风生，人们就会送你人情练达的评价。你听到秽闻，仿佛在那一刻患了突发性的耳聋，脸上毫无表情，人们会感觉你老于世故可以信赖。你被美丽美好美妙的景色感动，只可以默默地藏在心底，脸上切不可露出少见多怪的惊异，人们就会以为你少年老成，有大谋略大气魄，是可做将帅的优良材料。你碰到可歌可泣的人间至情，要把心肠练得硬如钻石，脸不变色心不跳。就算真搅得肝肠寸断，只可夜晚躲在无人处暗自咀嚼，切不可叫人觑了去，落得个柔情寡断的恶名……

现代社会是一只飞速旋转的风火轮，把无数信息强行灌输给我们。见多不怪，我们的心灵渐渐在震颤中麻痹，更不消说有意识地掩饰我们的惊讶，会更猛烈地加速心灵粗糙。在纷繁的灯红酒绿和人为的打磨中，我们必将极快地丧失掉惊奇的本能。

于是我们看到太多矜持的面孔。我们遭遇无数微笑后面的冷淡。我们把惊奇视作一种性格缺憾，我们以为永不惊讶才是人生的至高境界。

细细分析起来，"惊奇"是由两部分组成的，先有了"惊"，其次才是"奇"。如果说"惊"属于一种对陌生事物认识局限的愕然，"奇"则是对未知事物积极探讨的萌芽了。

否认了"惊"，就扼杀了它的同胞兄弟。我们将在无意之中，失去众多丰富自己的机遇。

假如牛顿不惊奇，他也许就把那个包裹着真理的金苹果吃到自己的小肚子里面了。人类与伟大的万有引力相逢，也许还要迟滞很多年。

假如瓦特不惊奇，水壶盖噗噗响着，一个划时代的发现，就蒸发到厨房的空气中了。我们的蒸汽火车头，也许还要在牛车漫长的辙道里蹒跚亿万公里。

即使对普通人来说，掩盖惊奇，也易闹笑话。一位乡下朋友，第一次住进城里的宾馆。面对盥洗室里那些式样别致的洁具，他想普通人洗一个脸，何至于要如此麻烦。他不会使用这些物件，本来请教一下服务小姐，也就迎刃而解了。可是他不想暴露自己的惊奇，就用地上一个雪白的盛着半盆水的瓷器洗了脸。后来他才知道，那是马桶。

这当然是一个极端的例子了。我之所以把它写在这里，绝无幸灾乐祸之意。现代社会令人眼花缭乱，每个人在某种意义上说，都是孤陋寡闻的。你在你的行业里是专家里手，在其他领域，完全可能是白痴。这不是羞愧的事情，坦率地流露惊奇，表示自己对这一方面的无知以及求知的探索，是一种可嘉的勇气。

我认识一位老人，一天兴致勃勃地同我探讨电脑的种种输入方法。他整整八十二岁了，肾脏功能已经衰竭，我坚信他这一辈子也不可能在电脑键盘上敲出一个字。他在自己的专业范畴里，是一位德高望重的长者，但对电脑的理解多有谬误，就连我这个二把刀也听出了许多破绽。但是老人家充满探索之光的惊奇的眼神，却在这一瞬像探照灯一样扫过我的灵魂。面对他青筋暴突微微颤抖的手，我想，不知我这一生可否活得这样高寿？不论我生命的历程有多长，我一定要记得这目光炯炯的惊奇，学习他对世界的这份挚爱。绝不仅仅沉浸在熟悉的航道，始终保持对辽阔海域的探索，直到我最后一次呼吸。

惊奇是一种天然，而不是制造出来的。它是真情实感的火花。一块滚圆的鹅卵石，便不再会惊讶江河的波涛。惊奇蕴含着奋进的活力。

惊奇不仅仅是幼稚，惊奇不仅仅是无知，惊奇是在它们基础上的深化和挺进。

你既然惊奇了，你就要探索这奥妙。你既然惊奇了，你就不能仅仅止于惊奇。爱好惊奇的人，也须爱好将惊奇转化为平凡。消灭惊奇的过程，也就是学习的过程，惊奇在熟悉中淡化，才干在惊奇中成长。

世界是没有止境的，惊奇也是没有止境的。惊奇是流动的水，它使我们的思想翻滚着，散发着清新，抗拒着腐烂。

在城市里待得久了，常常使我们丧失惊奇的本能。我们蟮一样滑行着，浑身沾满市侩的黏液。

到自然中去，造化永远给我们以大惊喜。和寥廓的宇宙相比，个人的得失是怎样的微不足道啊。不要小看山水的洗涤，假如真正同天地对一次话，我们定会惊奇自己重新获得活力。

如果无法到自然中去，就同与自己没有利害关系的从小的朋友，做一次促膝的谈心。利害关系这件事，实在是交友的大敌。我不相信有永久的利益，我更珍视患难与共的友谊。长留史册的，不是锱铢必较的利益，而是肝胆相照的情分。和朋友坦诚地交往，会使我们留存着对真情的敏感，会使我们的眼睛抹去云翳，心境重新开朗，惊奇就在这清明的心境中，翩翩来临了。

假如既没有自然可以依傍，又没有朋友可以信赖，真是人生的大憾事。只有在静夜中同自己对话，回忆那些经历中最美好的片段，温习曾经使心灵震撼的镜头。它也许是很小的一朵旷野花，也许是冬天的一盏红灯笼，也许是苍茫的大漠暮色，也许是雄浑激荡的乐曲……总之那是独属于你的一份秘密，只有你才知道它对于你的惊奇的意义。古语说：学而时习之，不亦说乎。复习以往我们情感中最精彩的片段，常常会使我们整旧如新。

保持惊奇，我常常这样对自己说。它是一眼永不干涸的温泉，会有汩汩的对于世界的热爱，蒸腾而起，滋润着我们的心灵。

我想有一天
和你去旅行

你必得一个人和日月星辰对话，

和江河湖海晤谈，和每一棵树握手，

和每一株草耳鬓厮磨，你才会顿悟宇宙之大，

生命之微，自然的博大与精深。

旅游预习

旅游常常被复习。比如眉飞色舞地向亲朋好友讲述风光，比如把自己所摄的摇摇晃晃的看着都头晕的 DV 向人演示，比如家里贮藏着数以公斤计的照片，比如忙不迭地指着电视屏幕一闪即逝的某处胜景，说：我去过去过……

但是，旅游需不需要预习呢？要到一个地方去，是否事先多了解一些当地的风俗风光，向已经去过的先驱者打探有关的注意事项？简言之——旅游做不做预习？

大概分两派。一派是主张多看看有关的材料，这样心中有数，到了目的地，可以有的放矢，让有限的时间发挥最大的效益，自己的举手投足，甚至每一眼瞟去的地方，都物有所值，把浪费的系数减少到最小，分分秒秒颗粒归仓。

还有一派比较随心所欲。不做功课，贸然出动。赶上什么算什么，风吹雨打都是缘分。碰上什么吃什么，露宿风餐全为乐趣。闲云野鹤自由自在，流浪漂泊，到什么山上唱什么歌……只有大框架，没有细安排。

我内心渴望旅行中有很多奇怪的事情发生，不喜欢一切都在计划的桎梏中亦步亦趋，同时又害怕意外频发命运多舛。这就立场游移界限不清，时而循规蹈矩按图索骥，时而又摩拳擦掌尝试探险，于是成了面目可憎的骑墙派。

具体到细节中，也是这般举棋不定。到某地出游之前，看不看别人的游记和有关的介绍呢？如果不看，瞎子摸象地出发了，回来才发现有一些美景失之交臂。比如到西伯利亚的贝加尔湖，看到当地很多售卖海豹、海狗的小模型，模样煞是可爱。心中喜欢，却想这也不是当地的特产，不过是因为靠近北冰洋（贝加尔湖只有一条出湖的河流，叫作安加拉河，流入北冰洋），仗着地理优势，把那里的特产顺手牵羊了。看透了这些海物的真实来历，狠下心来，坚决不买。回家后查了资料才知道，这些动物正是贝加尔湖的一大特色，或者说是一大蹊跷。它们是生活在贝加尔湖中的淡水海狗、海豹，天下绝无仅有的景致。甚至有传说揣测，在永冻土层之下，贝加尔湖和北冰洋孔道相连。淡水的海狗和海豹是史前时期经由地下从北极游过来的。

失之交臂，郁闷啊郁闷！看，这都是不预习的坏处。

也有反面的例子。20 世纪 80 年代，我到西北。当地朋友说，明天去看阳关。就是那个"西出阳关无故人"的阳关吗？我说。

难道还有第二个阳关吗？朋友翻着眼白问，很吃惊的样子。

当然没有第二个阳关了。只要会背十首唐诗，你就会对阳关情有所钟耿耿于怀。那时资讯不发达，没有互联网也没有电视，所有关于阳关的印象都来自唐朝。我说，阳关好看吗？接待同志说，说不得啊说不得。我说为什么？当地人答，说了就没啥了。本来以为问问能明白，不想下场是更糊涂了。

第二天，驱车八十公里到了阳关。在我看到阳关的那一瞬间，就明白了阳关是不可说的。站在阳关前，目光凄迷。那道景致的全名叫作"阳关遁去"。昔日的喝酒的离别的繁华的歌舞升平灯红酒绿的阳关，已经在莽莽黄沙下长眠。细密的沙被漠风运起，如同夏雨前的蚁

绝望
之后的
曙光

群掠过脚踝，留下酥麻的热感和浅淡的痛。云天浩渺大漠苍苍，你看到的只是荒丘和沙海，还有呼啸的长风和走动的烟霞。

幸好，我在这之前不知道阳关的任何现代版消息，才有了那劈头盖脸的愕然和惊骇，才有了那挥之不去的愁索与眷恋。假如被人提前告知了阳关的隐没，以我这样一个怕苦怕累之徒，是否还会跋涉百里去探看身无长物一贫如洗的阳关？

很多风光都在记忆中淡去，唯有什么都没有看见的阳关，却以无尽的遗憾和萧飒在情窦中永生。这也许就是不可言说的万千惆怅吧！

从此，我固执地记取了这个经验，对那些充满了想象的地方，有意地不去查找资料，就让它们在想象中浮沉，享有海阔天空的余量。倘若有什么人好心好意地要告知我，我会迫不及待地捂他的嘴，像一个不想直接听到足球比赛结果的球迷。请让我自己去看吧，知道的越少越好。

◀ 真爱之吻

抬粉面，
花相妒

　　"烟花"，指的是如烟的花朵吧？香氛蒸腾，大地纷披的暖流搅动透明的空气，缓缓抬升，仿佛夏日的柏油路面，有一种清溪的波光诡谲。花朵被光和热包裹着，似颤抖的锦缎。三月，正是春天最美丽的季节，远远看去有花朵浓艳的盛放和就要凋落的最后一笑吧。不熟悉扬州的地理与历史，只记得那句绵延千载的古诗——"烟花三月下扬州"。三月倒是三月，可惜我去的这当儿是阳历三月，只相当于阴历的二月。阴历二月的扬州，还是长江北岸的早春时节，大运河边的垂柳，刚刚努出绿鹦鹉般的芽。

　　坐一条船穿行在细雨的江上，去探幽唐代的扬州，已是光天化日下的梦幻。扬州的繁华还在，只是已充满了现代感，寻寻觅觅，只是都市的喧嚣。在扬州，买些什么特产呢？我固然知道，由于交通的发达，如今再没有什么绝对的特产了。令妃子倩笑的艳红荔枝，不必累死快马，昨日还在枝头，今日就携着绿蜡样的叶，无声无息地摆在了北国的果盘中。哈密的瓜，一年四季都会在餐桌上，笑容可掬地滴着蜜糖般的汁。

　　一位美丽女子说："苏州胭脂扬州粉，给我带些扬州的鸭蛋粉。"

　　我不知一向讲究对仗工整的古人，把抹在脸上的腮红和咽到肚里的佳肴放在一起，有何深意。我说："鸡蛋的胆固醇就够高了，更甭说鸭蛋了。很多人吃早餐的时候，盘里都遗弃了蛋黄。你倒好，专门要带鸭蛋粉。估计很腥，只能喂鱼。"

女友就笑了，说："姐姐啊，你可真是孤陋寡闻。这鸭蛋粉不是吃的，是中国古代女子化妆的香粉，形似洁白的鸭蛋，故得此盛名。"

到了扬州，才知道这扬州鸭蛋粉，有一个很好听的名字，叫作"谢馥春"，好像一位美女的闺名。

扬州出脂粉，是有历史的。地方志中有记载："天下香粉，莫如扬州，迁地遂不能为良，水土所宜，人力不能强也。"

扬州的粉为什么好呢？扬州出美女，也不知是寻常女子用了谢馥春的香粉，就修成了倾国倾城的美女，还是扬州美女用了谢馥春，谢馥春从此名扬天下？

香粉的制造发源于汉朝。到了晋朝，妇女均喜搽粉，滥觞开来，居然官绅青年男子也喜搽粉。隋唐年间，国盛民安，脂粉业也长足发展，从老人到青年人均喜搽香粉，以显精神饱满。到了宋代，扬州出现了专门生产销售香粉的前店面后作坊的小香铺。清康熙年间，来往商贩众多，舟船便利，扬州香粉带入京都，传进了皇宫。宫内妃子宫娥抢着用，用后皮肤白里透红，红白相映，流光溢彩，从此声名大震。宫廷把扬州香粉选做贡粉。一沾了宫廷的边儿，凡物也就奢华和名贵起来，扬州香粉从此被称为官粉。

清道光十年，也就是1830年，扬州谢馥春香粉铺创建开办，品种有香粉、藏香、棒香、香袋等产品。当时扬州粉独占鳌头的当数戴春林、薛天锡两家。要想在香粉上与戴、薛两家竞争，谢馥春必须创造出特色。掌门人谢宏业经营过中草药材生意，他独辟蹊径，将香粉与药材结合起来，原料精选广东专门为其加工的石粉、米粉、豆粉，结合时令，选用白兰、茉莉、珠兰、玫瑰等鲜花，再加以适量冰片、麝香，制成既有花香又有保健作用的各种香粉。包装上也花了一番心思。用缎面绒里的锦盒、锡盒，盒子有圆形、方形、海棠形，盒面刻有龙凤图案，古色古香。内置半个鸭蛋般的粉饼，俗名叫它"鹅蛋粉"、"鸭蛋粉"，煞是可爱，谢馥春由此声名鹊起。此香粉最大的特点是——轻、红、白、香。

一说起老字号，总会想起巴拿马万国博览会，也就是世博会。在1915年举行的巴拿马万国国际博览会上，"扬州谢馥春香粉"大大露了一回脸。它和茅台酒一起，登上了领奖台，荣获国际银质奖章和奖状，成了中国最早得此殊荣的化妆品。

"谢馥春香粉铺"除了生产鸭蛋粉外，还有冰麝油及香件，被称为谢馥春"三绝"。

今天的鸭蛋香粉，已经没有锦缎盒子了，分为四种花香，分别是栀子、桂花、玫瑰还有茉莉，用一种极为传统的纸盒包装着，好像从用民国旧画报的纸张糊出来的，正面有个静默的女子，内敛地微笑着，欲说还休的样子半低着头。打开盒盖，和现在常用的外国香型不同，有一种甜美的花香悄然弥散开来。看这粉的成分说明，有羊毛脂、冰片、高岭土、方解石粉、滑石粉等等，据说和当年的老配方毫无二致。

于是想，女子为什么要把自己打扮得比实际情形要白嫩一些呢？想来是为了显得少经日晒，皮肤细腻。在农耕社会，底层的女子是要到田间劳作的，这就会皮肤粗糙和灰暗。为什么要用粉妆显出红润呢？想来是因为身体素质好、血脉丰盈的女子，脸上是常常会透出血色的晶莹。

出身于非劳动人民家庭，身体素质好，不曾气血亏，激素分泌正常……这是人们对于健康的妙龄女子的标准。达到这个标准的，还望更上一层楼。暂时达不到标准的，希望能乔装打扮鱼目混珠。于是，香粉就应运而生。说到底，谢馥春的长盛不衰，是心理期冀的伪装。归根结底的诉求，是年龄和健康的迷彩服。

　　我到云南的一处锡矿山访问，它蜷在哀牢山脉的中段，地下的矿藏已然枯竭。经过近百年的挖掘，大自然的汁液被榨干，只剩下一块布满人工痕迹的苍老土地。高压电线横贯天穹，委顿地低垂着。石砌的房舍长满茸茸青苔，坚固得仿佛可在风雨中矗立一千年。

　　工人们早已迁徙别处，只剩几个孤独的老人看守镇子，四周林木萧萧。这里曾经繁华过，现在已成废镇。无所不在的大自然卷土重来，更透出奇异的苍莽与荒凉。

　　作家见多识广，您说说，我们这处荒山做什么好呢？矿长问我。从他专注的目光，我知道他问询过所有到达过这里的外乡人，至今还没有得到满意的答案。

　　这儿像一座废弃的古堡，索性修成山间别墅，会有许多人来避暑的。看那峡谷衰草萋萋，能产生多少灵感！我兴致勃勃地说。

　　主人皱着眉头，半晌没有答话，眉头被青山映得发绿。

　　我突然意识到自己的唐突。矿山老化，严重亏损，哪里拿得出那么多钱修别墅？况且这儿距昆明近千里路，哪有那么多人来旅游！

　　我缄默了。

　　作家，再想想吧。您跑的地方多，看有什么适宜这儿穷山区发展的项目？矿长恳切地说。

我抱着双肘，面对群山，做苦思冥想状。我知道自己其实什么也想不出来，那是企业家们纵横驰骋的领域，我一孤陋寡闻的文人，能有什么起死还生的高招？做出这个模样，只是为了使矿长宽心。

突然，一片红光扑入我的脑海，粗糙的毛尾拂痛了我的神经末梢，一双晶莹诡谲的眼珠在油绿的背景中窥视着我……

养狐狸吧。我脱口而出。仿佛那个声音早就蹲在喉咙口，只待这一瞬间跳进别人的耳鼓。

作家这个主意好哇！我们怎么就从来没有想过养狐狸呢？这么大的一片山林，这么多的石屋，水电齐全，还有我们的工人正没活干……好，我们就养狐狸吧！经济价值高，矿山也许走出一条生路……矿长的声音在峡谷间滚动。

我脱口而出的话，没想到矿长这样当真。我甚至没有在动物园以外的地方见过一只野生的狐狸，这么大的事，哪能凭外行一句戏言就算数？我慌了，连连摆手。

作家，您启发了我们，我们会认真考虑的。包括这里的气候、海拔、温度是否适宜狐狸的生存。我们还会聘请养狐专家，总之，我们会很慎重的，不要您负责任。矿长安慰我。

一整天我都忧心忡忡，晚上睡沉的时候，我想这是怎么啦？仿佛出了什么不宁静的事？后来我突然明白，是因为狐狸。

之后我又去了许多地方，狐狸的影子渐渐暗淡。我回了北京，几乎将这事完全遗忘了。只是在月朗星稀的晚上，红光还会瞬忽而视。我会忆起那遥远的矿山，焦虑他们可想出脱贫的好主意没有。

有一天，我突然收到一个语音微弱的电话。是作家吗？我是云南那个古老矿山的矿长，我们按您的主意，从河南买了六十只狐狸，建起了养狐场。现在狐狸们长得很好，甚至比在它们的老家长得还要好。因为我们这里山高水冷，狐狸的皮毛长得很厚。作家，您什么时候再到我们哀牢山来，会看到蓝狐的皮毛像缎子一样闪亮……谢谢您啦！您给我们出了一个多么好的养狐狸的主意啊！养狐专家说这里最适合狐狸生长，我们以后还会养更多的狐狸……

我听到"扑通"一声，那是我头脑中的红光落了地。啊，狐狸，你在冥冥中带给我的口信，我已经传到。祝你在高高的哀牢山上安下新家，给你的主人带来好运。后来我把这个故事讲给朋友听，她说，你以前从没看过养狐方面的书吗？

我说，没有哇。我至今都没有关于养狐方面的任何知识。我对狐狸的全部感性认识，都来自一本叫作《聊斋志异》的小说。

她说，那你是脱口秀。

我说，什么叫脱口秀？

她说，有的人会在有的时候，脱口说出他平常绝不会说出的话，而且绝对正确，好像有一种力量在操纵他。

我说，你说得好玄。我的解释是，许多世纪以前，我也许做过一只狐狸。

在阿穆尔湾请愿

　　不知俄式大菜是怎样的排场，但在我们赴俄罗斯旅游的海参崴阿穆尔饭店里，招待我们的食品却是极为简略的。

　　从我国的绥芬河口岸过境，到达对面的俄罗斯小镇，是上午九点多。由于存在着三个小时的时差，其实已相当于天过午了。一顿午饭就莫名其妙地被"差"过去了。俄罗斯的汽车不守时，像黄牛一样懒洋洋，一路上等车、坐车加修车，足足折腾六七个小时，到达俄罗斯的远东重镇海参崴，已经是当地时间晚八点了。

　　大伙饥肠辘辘。

　　阿穆尔饭店是海参崴最豪华的饭店之一，坐落在宁澈的日本海阿穆尔湾，气势恢宏。宽敞的餐厅，布置得像远洋巨轮的船舱，墙壁上镶着金色的舵盘。一长溜铺着暗色条纹亚麻布的餐台上，摆着亮晶晶的碟子和叉勺……

　　从早上颠簸至今，胃像被冲洗一清的空白磁带，正准备录入充足的食物。

　　我们端端地坐好，像幼儿园大班的孩子一样乖，等着服务员上菜。

胖胖的俄罗斯大婶，一趟趟殷切地为各位端上食物。人们用刚刚学会的俄语不断地"思八西八"（谢谢）。一位早年间曾留学苏联的老者说，一共要上四道食品呢。

可是大伙很快就不用致谢了。俄国大婶已经安静地消失，餐台上只留下一排空碟子。

有好事者统计，已经上过的菜肴计有：第一道生拌墨斗鱼丝。每盘约有火柴粗细二寸长的雪白鱼丝二十余根，淡而无味，不撒咸盐，几乎无法进食。第二道为生番茄片。就是用那种比乒乓球略大一点的西红柿，切作三四片，摆在雪白的碟子里，花朵一般好看，用叉子可一戳之下全部挑起来填进嘴里。第三道为每人一个貌似包子的油炸面团，发出很纯正的酸酵气味，一口咬下去，中间夹着半个剥了皮的土豆。我所以不说它是土豆馅的包子，实在是因那半个土豆毫无油盐，完全还在原装的土豆之列，不能称它为"馅"。主食为每三四个人分得一盘黑面包，约有十余片，每人可得半厘米厚的面包片两三块。

大家便对第四道食物望眼欲穿，甚至有人说也许是热气腾腾的一大碗烩菜，内装五花猪肉，粉条，豆腐，大白菜……

笑眯眯的俄罗斯大婶，果然裹在一团热腾腾的雾气中驾临，递给每人一盏滚烫的——红茶。

于是晚餐宣布结束。

大伙大眼瞪小眼，不由得说："俄国人一天光吃这个，怎么能长得那么人高马大呢？著名的土豆炖牛肉呢？脍炙人口的俄罗斯红肠呢？起码黑列巴（面包）要让人吃饱吧！"

不过，红茶确实是甜香浓郁的。有人请翻译帮忙再要一杯。

笑容可掬的俄罗斯大婶说："要茶可以，但要付款，三百卢布一杯。假如是自己到厨房去取，不劳驾大婶，价格可便宜一些，二百卢布就行了。"

第一天初来乍到，大家不敢造次。看看再无甚"进口"的可能了。在个别人付款加饮了红茶以后，纷纷退席。

经询问，我们这餐饭的伙食标准为一千两百卢布，合人民币五十元。人家纷纷说我们连五元钱的食物也没能吃到肚里。

好在离开故国刚刚一天，各位都有些备战备荒的储备。回到客房，每人拿出方便面，打算自己开伙。这才发现饭店里全无热水瓶这一设施，俄罗斯人都是喝生水的。

因陋就简吧。把方便面揉碎，将一团团的碴块扑进嘴里，像老鼠般略吱吱地嚼着，用舌头干燥地搅拌着。一仰脖，吞一口海参崴的自来水，让这"中外合资"的方便面到自家温暖的胃里，缓缓膨胀吧。

平心而论，海参崴的自来水真是好喝，清爽洁净，略带甘甜，像上好的矿泉水。

吃饱喝足，一夜无话。宿费为每人十二万五千卢布，合人民币五百元。被褥很干净，但其他设施就很寒酸了。没有电视机，只在墙壁上镶着一个小小的矿石收音机，好像二十几年前中国农村的大队部。

人总是对新的一天充满了希望。第二天早上我们精神抖擞地来到餐厅，心想昨日到得晚，猝不及防，俄罗斯大婶们没有准备。今天让我们重新开始吧。

餐桌上摆着我们的早餐，好像是昨晚的食物没有吃完，在微波炉

里烘了烘，又原样端了出来。

瞪大了眼睛，见也有变化之处。那个夹土豆泥的烤包子不见了，代之以一道凉拌黄瓜。

大家默不作声地落座。大约五分钟后，杯盘皆空。有人向俄国大婶要面包，胖胖的大婶一转身，从别的客人吃剩的桌上，端来了半盘。他狼吞虎咽地吃了。

洁净的亚麻台布上，一排排吃得精光的白盘子，好像一个卖瓷器的柜台。

大家舍不得离开餐桌，议论起来。

老这么着可不行，顿顿吃个半饱，跟旧社会似的。

我想了一个广告：你想减肥吗？请到俄罗斯的海参崴去。

是不是俄国人以为中国人肚子小，用喂鸟的食儿打发咱们呢？

真是想念祖国啊。生为一个中国人真是太幸福了。我们一辈子，比俄国人要多吃多少好东西！

大家越说越感慨。人的嘴有两个功能，一是吃饭，一是说话。当第一个功能得不到满足的时候，第二个功能就空前地发达起来了。刚开始是半带调侃地议论，渐渐地就义愤起来，围着中国方面的导游同仇敌忾地述说饥饿。恰在此时，俄罗斯方面又通知说上午派不出车来，大家只有在饭店里闲坐。

群情开始激昂。

中方导游说他还从未遇到此类情况，不知还会出什么意外。为了后面的旅游顺利，建议大家随他到海参崴市的国家旅游局去反映一下情况。

中国有句古话叫作"吃饱了没有事干"。现在大家是吃不饱没有事干，把一腔恼火发泄给小导游，人家给出了主意，大家自然不能临阵脱逃。况且导游也是身在异国，势单力薄，我们理应助他一臂之力。再说我们若是认可了这样的待遇，俄方对以后的来访团也许就更不负责了。无论于私于公，都该去说几句话。

于是大家簇拥着导游，像打狼的一样，成群结伙地在街上走。

海参崴风光旖旎，凉爽的海风像蓝纱巾一样迎面拂来。走着走着，我们欣赏起美丽的异国景色，几乎忘了自己是为什么走到街上来的。

一所陈旧的红楼映入眼帘。这就是海参崴的国家旅游局。

我们一行约二十人，相随进入红楼。导游小声介绍说，海参崴原有四家旅行社承办旅游业务，但后来统归这一家了，于是对旅游者相当不客气。反正你离了我就没办法。

我们在暗中相视一笑，感觉到某种熟识甚至亲切。只要没有竞争的地方，你就要碰到官僚的冷遇。

我们做好了思想准备，公推两位代表陈述原委。

中国是民以食为天的民族。吃不饱饭，尤其是交了足够的饭钱而不给吃饱饭，就会把肚子和面子联系在一起，叙述起来，格外慷慨激昂。

对方接待我们的是一位年轻的俄罗斯女郎，据介绍是旅游局的副局长（他们也挺重视使用年轻干部的，我看女局长的年龄不会超过三十岁）。

俄罗斯真不愧是一个喜怒形于色的民族，长相清秀的女局长听完导游的翻译后，立时柳眉倒竖，樱唇抖动。快捷的俄语单词像重机枪一般横扫过来，虽说语言不同，也看得出绝非从谏如流虚怀若谷的良善之辈。

果然，翻译说，女局长表示这很正常。车子派不出来，饭食也无法增加。理由是：你们的人虽然过来了，可你们的经费并没有同时打过来，你们现在吃的饭钱还是我们垫付的呢。我们很穷，没有钱。能给你们吃这样的东西就算不错的了。

她双手一摊。做出无可奈何的样子。我们立即有人给她拍照。她一看照相机的镁光灯闪起来，就昂首挺胸，摆出雄赳赳气昂昂的英姿，以不失国家的威严。

我方翻译说，这其实不是理由。我们从来没有拖欠过付款，只是过境时又不能携带现金，两国支票兑付需要一定的时间。对于俄方的旅游团，我们都是盛情款待的……

女局长依然说，我们没有钱……

这倒是实话。在其后的日子里，我们着实领教了俄罗斯远东地区的食物短缺与昂贵。一公斤红肠需二万多卢布，合人民币近一百元。

一公斤西红柿要人民币三十多元。我在集市上，用一千卢布买了一种不认识的紫蓝色小浆果，合人民币四块钱，只有小小的一捧，装在一页旧书折成的纸包里。果子的味道极酸，便有些后悔。但后来又感觉很有价值，因为翻译告诉我，这种不起眼的樱桃大小的果子，就是俄罗斯文豪笔下赫赫有名的醋栗。

面对着海参崴市旅游局女局长摊开的双臂，我们这些请愿者只有无望地退出。

走在街道上，我们又自我解嘲地笑起来。大家说，他们完全不把客人当上帝呢，觉得是我们给他们找了麻烦。他们旅游局的分配体制一定是大锅饭的，所以根本不怕客人不满意，也不怕从此没有人到海参崴来旅游。

突然有一个人讲，你们说，旅游局长的态度是不是和我们前几年官商的态度有几分像？

大家齐呼：太像了。

于是大家说，俄罗斯真是非要改革不行。不然，连一个小小的旅游者吃饭问题都解决不了，还谈什么更大的开放呢？

我们只好不再怨天尤人，只怪自己到海参崴来的时间太早了一点。等他们改革好了再来，不是既可以欣赏到优美的景色，又可以不让肚子受委屈了吗？

我们在街上买了韩国的小点心充饥。不知是饿了，还是韩国的点心确实精美，总之感觉好极了。

当我们已经绝望的时候，餐桌上出现了奇迹般的变化。第二天早上，我们每人除了常规的墨鱼丝黄瓜条包子红茶以外，大婶又给端上了一盘硕大的鸡腿。当我们抹着油光光的嘴唇准备退席的时候，大婶又给每人端上了一个大盘子。盘内计有三个煎蛋和三两以上的炒饭。

这一回，轮到我们犯难了。不吃吧，这是大家集体请愿的结果，虽说信息反馈得比较慢，总不能出尔反尔。吃了吧，实在是超出了中国胃的负荷。

不知谁说了一句，俄国人是最腻烦吃饭剩东西的了。假如你剩饭，他就觉得是你吃不了，下顿饭就会给你上的少多啦！

于是人们相互鼓励着，相互援助着，把所有的煎蛋和米饭都吃完了。

从此，我们每顿饭都能吃饱了。

　　北极光给人的感动，是突如其来的狂喜和感天动地的震慑，加拿大艾伯塔省省会埃德蒙顿留给我的冬日怀想，是清冷的安宁和无以言说的静谧。

　　下雪了，加拿大的冬天，必然该有雪的，犹如真正的海要有惊涛。艾伯塔省的雪是绵软的，带着轻薄的鞘，好像一种来自上天的昆虫。它们自由自在地飞舞，降落在大地、树梢、城堡、木屋和人们的肩头，让埃德蒙顿如同种了千百万棵梨花盛开的树。为了鸟瞰埃德蒙顿的全景，我们登上了全市第二高的建筑。保安队长领着我们不断攀登，用粗大的钥匙打开一层层厚重的铁门。终于，我们站到了距地面一百五十米高的顶楼之上。这里通常不是一个景点。

　　那一刻，四周寂寥无声。汽车和行人的喧嚣已匍匐在脚下如峡谷般的深底之街上，头上是苍凉云天，蕴含着雪花的千军万马。四周是林立的大厦，玻璃幕墙闪着孤寂而带有虹彩的光。远方，是涟漪般散去的民居。在更远的地方，是天和大地的缀连处，由细密的森林用灰绿的针脚缝缀而起，浑然天成。

　　我们渴望城市，我们又留恋乡村。埃德蒙顿的建设把这两者结合起来，人们在享受现代文明的便捷之时，依然偎依在大自然的臂弯里。

而这一切，并不是偶然的，是来自周密的设计。埃德蒙顿市早有规定，除了市中心，不得在郊区建造高楼。这就使得埃德蒙顿至今保留着完整圆滑的三百六十度地平线，令人心旷神怡。

人类是需要常常看见地平线的。那让我们有一种与大地同在的踏实感。它提示我们在琐碎的生活之外，还有一个博大的存在，可以承载我们的身体和心灵。

埃德蒙顿把高度繁华的城市建设与自然的生态环境完美结合在一起，不仅符合建筑美学，而且和人类生存的深层渴求共振。人类是自然之子，如果长期和大自然相隔绝，在单调、鼓噪、僵硬、刻板的人工建筑中踯躅，喝添加了氯化物的水，呼吸被空调设备循环往返无数次的空气，饮下农药和化肥，吞入各种各样的工业原料……就违背了人类几百万年以来进化的基本大法，它不仅仅是不自然的，而且是不人道的。那种总是两点一线或三点一线的生存方式，缺少大自然月朗风清的抚摸，缺乏太阳炙热而光明的照耀，呼吸不到由青葱的树木刚刚制造出来的新鲜氧气，喝不到由无数砂岩缓缓滤过的甘甜泉水……我们的身体和灵魂，会一道萎靡、羸弱、发霉、凋零。

人是活在关系中的群居动物。人的一辈子，说穿了，有三种关系像轴心一般，指挥着我们围着它打转。第一种是人与自然的关系，第二种是人与人的关系，第三种是人与自我的关系。如果你远离自然，那这第一种关系的纤绳已咔嚓断裂。据美国科学家研究，世界上最幸福的城市有一个显著的特点，就是那里的人们可以随时拥抱大自然。和大自然的隔膜，是现代人的悲剧之一。

说到人与人的关系，这是一个大题目。先说一个和空间有关的小试验，科学家们证实，当笼子中的小白鼠密度太高时，即使终日提供足够的食物和饮水，小白鼠们也会因拥挤而产生焦虑，之后发生剧烈冲突，彼此咬断对方的尾巴，攻击行为不断，自相残杀，鲜血淋漓……人也难逃这个规律。

说到人与自我的关系，当现代人无法应对越来越频繁的压力，难以有效地调试心境时，就很容易患上抑郁症。

我特别问询了艾伯塔省抑郁症情况，得到的答案是发病率很低。埃德蒙顿第二高楼之上的俯瞰，给了我很好的启示。在中国现代化的进程中，我们要在城市建设中，为人们最大可能地保存大自然的原生态，让我们一眼望去，可见到更多的绿色、蓝色和五颜六色的花，可以与广袤的地平线同在。

刚才提到带领我们来到顶层的人，是大厦的保安队长。他和想象中刻板严厉的保安队长大不同，相貌绅士，服装整洁，而且业余爱好十分丰富，酷爱跳伞和摄影。

我对跳伞十分好奇，问，你是从自己守卫的这座大厦往下跳吗？

他微微一笑，说，这个高度可不够，我是从飞机上往下跳。纵身一跃的时候，感觉像鸟一样自由自在，烦闷就被高空的风吹走了。

我说，那么你不能跳伞的日子，有了烦闷怎么办？

他说，很好的问题啊。在不能跳伞的日子，如果烦闷了，我就爬上这座高楼，一一打开通往大厦顶层的门，独自来到这里，极目远眺。看到一个广大的存在，心情就渐渐放松了，你所感到的压力，和这么大尺度的空间相比，算不了什么。一切烟消云散。

　　那一天很长时间，我都站在大厦顶上，眼眸毫不聚光地朝向远方，与地平线相交。冰凉的雪片落在睫毛上，化作细碎的水滴。

人生终要有一场触及灵魂的旅行

拜伦有一首诗，开头写得很气派：

"我的海盗的梦，我的烧杀劫掠的使命在暗蓝色的海上，海水在欢快地泼溅，我们的心如此自由，思绪辽远无边……"

一些爱好旅游的人，常引了这段诗文的后四句，以抒发自己对大海的观感。其实拜伦这首诗的名字叫"海盗生涯"，借海盗之口来抒发自己狂荡不羁的志向。就算是最钟爱此诗的旅人，恐怕也无法赞同"我的烧杀劫掠的使命"一句，因为这实在同旅游毫不相干。

也许从广义上说，海盗也是一种旅行。

每个人的心底，都潜藏着一个到远方的梦。熟悉的地方已经没有了惊喜，人心思动，渴望浪迹天涯。

如果是上文所述的金戈铁马血战屠城到远方，那是侵略和占领。以前用暴力可横扫天下，现代文明社会，这种方式已被禁绝。

如果是衣衫褴褛地到远方去，那就是乞讨和流浪。这事儿要具体问题具体分析，有走投无路不得不如此的，有心甘情愿甚至乐在其中的。不管怎么说，这方式对人的意志和耐受力要求都比较高，不是一般人下得了决心的。

如果是道貌岸然地用贪腐和贿赂的钱，到远方去赌博和挥霍，是令人愤慨的事儿，归反贪局和司法部门管辖，咱们先不在这儿讨论。

如果用了纳税人的钱，到国外去考察访问，顺便也浏览参观，这笔钱算是三公开支。很多人义愤填膺，我能理解。不过我作为也纳了些许税款的平头百姓，却愿意把这钱让官员们花销了去长见识拓眼界。记得有一年和某偏远山区的官员聊天，他说刚从欧洲回来，一脸压抑不住的自得。

我说，公款旅游？

他说，也算是吧。有个名头，说是和国外某个机构交流，用了半天时间，我们是官方的，他们是非政府组织，也没啥好说的，彼此笑和客套。完后就是玩了。有一些人大买东西，都带着纸条，家里人和七大姑八大姨交代的，一一照办。我没有这种任务，就带双眼睛东张西望。回来后，我决定的第一件事儿，就是在县城里修上好的茅厕。到了人家外国，才知道茅厕这种地方，也是可以没有味道的。拉屎撒尿这种事情，也能体面地完成。还有一个呢，就是发觉城里的老街不能拆。人家外国当宝贝似的保存着的联合国遗产什么的，就是这种东西。不走出去，不知道它是宝。要是在我这一任为官期间给拆了，就成了罪人。

我说，太好了。

贫困县的官员说，要是没有公款旅游，我不是一个贪官，就没有那么多的钱自己出去转悠。就算有了那么多钱，我老婆也不让我花，她要买金子。可不出去转，我就没有觉悟要善待老房子。就算茅厕的事儿不在乎这一天半天的，可从长计议，但老街肯定是保不住，不定哪个早上，就变破砖烂瓦了。

我历来坚信，旅游的妙处之一——这世界上总有一处风景会打动你。但我没料到打动了这位年轻官员的是——最脏和最老的地方。

如果是用汗水换来的金钱，和"到远方去看看"的渴望，做一个以物易物的交换，有权势的人自然有所不屑，但却是我这种有一点小钱但没有其他讨巧机缘的人，所能采取的最大可行之道。

喜爱文化历史的人，心境平安欢愉的人，感情自由丰沛的人，多半愿意出外旅行，尝试着生命在陌生之地驰骋的感觉。如果一个人身体健康，又有一点闲钱，有了空闲而不想到这个世界上去看一看，若不是守财奴，就是闭锁而无聊的人。

旅行最美妙的感觉，是在它不断轻声提醒我们——你所知甚少，而这个星球如此美好。

世界上的所有人和事儿，给予我们的影响，大体可分为两种。一种是让你的世界变得越来越小。比如那些披露隐私的小情小趣，杯水兴波的小打小闹，死无对证的谣言和气味相投的小圈子。还有逼仄的环境和拥挤的人群……在其中浸泡久了，人也变得松垮灰暗，好像穿了很久的裤子，既无形状也无好气味。

还有一种是让你的世界变得更加广袤，让你开阔视野，通晓古今。让你知道有那么多奇花异草和珍禽猛兽，在你一己的生活方式之外，还有无数种形态绵延不绝地繁衍着，一切皆有可能。高山大川江河湖海，让你从此不惧生死襟怀豁达，让你爱好和平痛恨战争，让你与万物和谐相处与宇宙相通。

好的旅行，就藏在这第二种情形中，值得竭力寻找。

跋·我的心灵独白

写作，是自言自语的工作。写累了，就用稿费买张票，出去走走。

去了保加利亚卡赞勒克玫瑰谷，发丝里都镀着清香。那里的空气透明甜美，漫步如潜行在粉红色的水晶中。

上学时学世界地理，谈到保加利亚的特产，只有一行字——盛产玫瑰。

鲜玫瑰在清晨摘下后二十四小时内以山泉水浸泡，蒸馏出黄色的油体，即被称为玫瑰精油，为"精油之后"。

自然界美好的东西，常常被人用于疗愈创伤。古代就有人用玫瑰花治疗神经衰弱，近代更有人点燃玫瑰精油治疗肺结核，还有人用玫瑰花汁治疗心脏病和肾病……依我当过内科主治医师的经验，推断他

们可能觉得如此沁人心脾的味道，对肺脏肯定是个正能量。愿玫瑰花鲜艳美丽的色彩，涂抹在心脏和肾脏病患的苍白水肿的面庞上，让病程有所缓和。

我毫不怀疑玫瑰花是没有这个功效的，即使有，也微乎其微，全然达不到康复的疗效。但这并不妨碍人们旷日持久地喜爱它，它是如此的赏心悦目并令人神清气爽。

据现代医学研究，玫瑰精油富含维生素 C、胡萝卜素 A、维生素 B 和维生素 K 和 P，能刺激和协调入的免疫和神经系统，同时有助于改善内分泌腺的分泌，修复器官硬化，疗治衰老细胞。

细菌在接触新鲜玫瑰花瓣后五分钟内就会死去。如果伤风时更不幸地染了流感，可把一个放有开水和玫瑰花瓣的碗放在房间里。更有

邪乎的报告称——玫瑰精油有抗艾滋病毒的效用。

当初查找资料到此处，我难得不善良地冷笑了。

就算上述所有的报告属实，也是画饼充饥。因为玫瑰精油在国际市场上素有液体黄金的称号，大约三公斤的花朵只能提炼出一克玫瑰精油，所以它是全世界最贵的精油之一，当地的标价是十毫升（油比水轻，重量应该不足十克）售价一百三十欧元，约合人民币一千多元。谁能长久用得起这么昂贵的精油疗法呢？就算你有这个钱，当地的玫瑰精油产量也是有限的，不可能大规模地用于治疗相目。

所以，你只能买极小一瓶精油，闲暇时嗅闻，想象那满坑满谷的无尽芬芳。

玫瑰精油来自玫瑰。我这本小书，则来自我写作多年以来的所有文字。我把暗夜中独自写下的这些话语，集成于此，也如同采撷成千上万朵露水玫瑰投入蒸馏罐，进入严苛的加工过程。

或者，也不尽然。

如果一定要把我的文字比拟成一种萃取物，雪花精油似乎更贴切吧。我年轻时在西藏阿里当兵，见识过这个世界上最雄伟的冰雪之巅。雪花在我心中，单纯而洁净，有冻结细菌的力量，有化成江河的功德。

　　藏北漫天飞舞的寒雪，它的精油其实是水，朴素平凡淡然无华。

　　水是我们生命的必要组成部分，不可缺如。

毕淑敏

2016.8.6 北京.

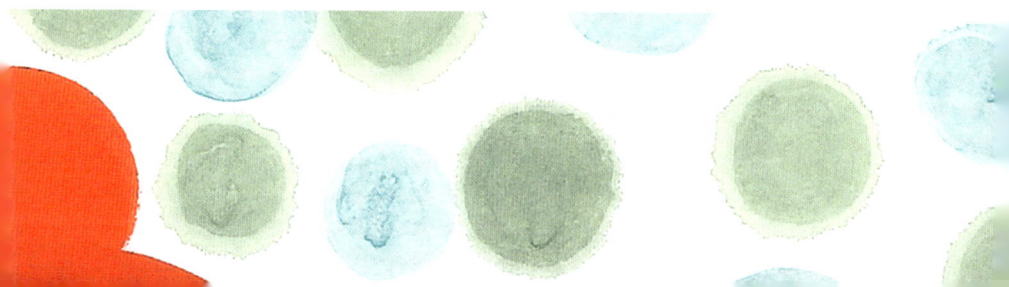

（京）新登字 083 号

图书在版编目 (CIP) 数据

绝望之后的曙光 / 毕淑敏著 .—北京：中国青年出版社，2016.10
（青春读书课）
ISBN 978-7-5153-4444-7

I. ①绝… II. ①毕… III. ①散文集 – 中国 – 当代 IV. ① I267

中国版本图书馆 CIP 数据核字（2016）第 201403 号

绝望之后的曙光

毕淑敏 著

策　　划：李钊平
责任编辑：彭慧芝　刘　莹
内文插图：段革新
装帧设计：今亮后声 HOPESOUND pankouyugu@163.com
出版发行：中国青年出版社
社　　址：北京东四十二条 21 号
网　　址：www.cyp.com.cn
编辑中心：010–57350371
营销中心：010–57350370
印　　装：鸿博昊天科技有限公司
经　　销：新华书店
规　　格：880 mm×1230 mm　1/32
印　　张：9
字　　数：200 千
版　　次：2016 年 10 月北京第 1 版
印　　次：2016 年 10 月北京第 1 次印刷
印　　数：1–20000 册
定　　价：32.00 元

如有印装质量问题，请凭购书发票与质检部联系调换　联系电话：010–57350337

Bi Shumin 毕 淑敏

毕淑敏写给男生女生的心灵成长励志经典

青春读书课

陪你人生走一程

文学界的白衣天使、著名作家、心理医师
作品入选全国中高考语文试卷最多的作家之一

01.《每一次卓越都来自倔强的孤独》
02.《所有的动力都来自内心的沸腾》
03.《孜孜不倦地爱与被爱》
04.《用心触摸世界的温暖和美好》
05.《绝望之后的曙光》
06.《在生命的所有季节播种》
07.《别给人生留遗憾》
08.《女生，我悄悄对你说》
09.《男生，我大声对你说》
10.《为了雪山的庄严和父母的期望》
11.《大雁落脚的地方》

定价：32.00元（单册） 352.00元（套装）

美好人生，从最美的青春读书课开始

讀書人

Reader